Una riga in più sul filo (

raccolta antologica

Adriano Albanese

AUTORI

Adriano Albanese

Pino De Pace

Barbara Franconi

Paola Furghieri

Rossana Lucchese

Antonietta Pezone

Marta Pietrosanto

Elisa Zacchero

Aldo Zampieri

Anna Maria Zoppi

Prima stampa: marzo 2022

A tutte le vittime, ai martiri e ai loro cari della pandemia Covid-19 che sconvolse l'umanità nel 2020 e nei successivi anni.

I racconti riportati in questa Antologia sono frutto della fantasia degli autori. Ogni riferimento a persone o fatti realmente accaduti è da considerarsi puramente casuale.

INTRODUZIONE

“Il punto di partenza è l’idea, come un seme che diventerà un fiore, o un albero da frutto, che crescerà e si trasformerà nel tempo. Non sempre il punto di partenza e quello di arrivo coincideranno, perché nell’andare avanti arriveranno nuove idee. Scavando nel profondo emergeranno nuove emozioni e verranno alla luce cose che non sapevamo di avere, di trovare ricordi nascosti nei reconditi cassetti della memoria.”

Quando ho accettato di tenere un Corso di Narrativa, ho volutamente ignorato tutti i numerosi e autorevoli testi dedicati. Ho cercato in me le ragioni che mi avevano spronato fin da bambino. Ho ripreso gli scritti di mio padre commuovendomi per la meravigliosa calligrafia, per gli sbaffi della stilografica Parker sulla carta di altri tempi, pregna di cellulosa. Ho ritrovato i quaderni scritti con la *Paper Mate*, la penna con i due cuoricini, le agende riempite di parole con il Rapidograph 0,2 i floppy disk da 3,5 pollici, i cd masterizzati conservati in cantina dentro le scatole di scarpe.

Un bambino può sognare ascoltando Mozart quanto il più illustre degli esperti di musica. Un anziano può volare con il gabbiamo Livingstone come un pilota di aereo, una bimba che non sa ancora leggere può emozionarsi per i tulipani di Van Gogh come il più bravo dei floricultori.

C’è differenza tra raccontare ed esporre: narrare è una cosa più emozionale, esporre ha una valenza più estetica, ma questo non vuol dire che l’una escluda l’altra. Prendiamo un esempio dalle arti grafiche: se osserviamo un quadro potremo notare i colori, i soggetti, la sapienza del tratto, le prospettive, le sorgenti luminose ed altre caratteristiche. Bene: questa è tecnica.

Però, se guardiamo l’opera più a lungo, ci accorgiamo che non siamo solamente osservatori, ma anche ascoltatori, perché il dipinto comincia a raccontarci una storia, quella dell’artista e del suo genio creativo, dei suoi sentimenti, del suo stato d’animo. I colori diventano graffi di vita, le prospettive segnano le età e il passaggio delle stagioni, la luce indica precisi momenti, forse indimenticabili, come un amore, una perdita, un treno preso al volo, un'occasione mancata. Il dipinto diventa uno specchio dove riflettiamo l'unicità di quello che siamo. Tutti sentiamo l'esigenza di raccontarci, di raccontare anche quella parte sconosciuta a noi stessi. Quel dipinto ci spinge ad ascoltare, a comprendere, a interiorizzare, a chiudere gli occhi e a immaginare.

Che cosa immaginare? Un mondo possibile, un evolvere diverso del nostro vissuto, un volo onirico. Immaginare posti che non abbiamo mai visto, epoche che non abbiamo mai vissuto, trovare il coraggio di esprimere cose che abbiamo taciuto, di essere uno, nessuno, centomila.

Concludo con un pensiero per i miei amici del Gruppo si studio, che sono su queste pagine e per sempre nel mio cuore.

"Ero seduto con voi e non so se quel giorno o nei successivi incontri sono riuscito a trasmettervi questo amore per la Scrittura. Non era facile, non lo è mai. Ma in questo momento di tempo indefinito, in queste parole scritte, che saranno lette insieme con i vostri racconti, le vostre immagini, le vostre poesie: uno scrigno prezioso da conservare e da dedicare a chi vogliamo. Vi ringrazio di cuore per tutto il bello che mi avete dato."

Adriano Albanese

ADRIANO ALBANESE

Scrittore, editor e insegnante di scrittura narrativa, attivo in diversi progetti di riqualificazione culturale (Casilino, Quadraro, Monteverde, Garbatella), nei quali ho svolto corsi di scrittura narrativa, creativa, rappresentativa, autobiografica, descrittiva.
Come autore, oltre a tre romanzi editi a livello internazionale, ho partecipato alla raccolta di racconti per ragazzi "Con la penna e senza scarpe", insieme a venti firme del giornalismo italiano. La vendita del libro, edito da Armando Editore e con l'introduzione di Andrea Bocelli, ha contribuito a supportare l'associazione che supporta i bambini malati di tumore e le loro famiglie. L'iniziativa è stata diffusa da RAI, Mediaset e da diversi network.

A VOLTE UN BAMBINO

Lo vidi di lato all'altare, con le spalle tirate su, rigide di timore. Era un bambino di una decina di anni. Era solo. Poteva darsi che fosse lì per un motivo simile al mio. Se fosse stato così, non avrebbe dovuto essere da solo. Sentii che dovevo avvicinarmi.

Girò la testa e si accorse di me, dandomi il tempo di leggere nei suoi occhi grandi la malinconia. Aveva bisogno di un sorriso, "di un papà che cacciasse via la notte". Gli sorrisi.

«Come ti chiami?»

Sussurrai come se parlassi ad un figlio.

«Adriano.»

Disse sottovoce come se rispondesse a un padre.

«Sai che anch'io mi chiamo Adriano?»

Avevamo lo stesso nome e lo stesso peso nel cuore.

«Perché sei qui, Adriano?»

«Devo fare un fioretto.»

I fioretti! Da quanto tempo non ne sentivo parlare. Da bambino li facevo anch'io, piccole rinunce in cambio dell'avverarsi di un desiderio.

«Perché un fioretto, posso chiedertelo?»

Gli occhi grandi dissero si e allora aspettai.

«Non guarderò i cartoni finché la mamma non guarirà.»

Non sapevo che cosa dire, se dargli un'illusione o se chiedere per lui una speranza in quel posto dove ero venuto a cercarne una per me.

Due nomi, due pesi nel cuore, due speranze. La mia ombra copriva la sua fino ad annullarla, se Colui al quale ci stavamo rivolgendo ci avesse visto dall'alto, Gli sarebbe bastato accogliere un'unica supplica per esaudirne due.

«Anch'io farò un fioretto, proprio come te. E anche per te.»

Trovai nell'innocenza di quel bambino il vero motivo per cui si prega.

La campana batté I rintocchi che indicavano le otto. Entrò il sacerdote per la messa.

Adriano doveva andare a scuola e io a lavoro.

Ci avviammo insieme verso il portone della chiesa. Prima di uscire mise la mano nell'acquasantiera e con le dita toccò le mie. Fece il segno della croce, lo imitai.

«Ciao Adriano piccolo.»

«Ciao Adriano grande.»

I LICOTTERI E LE NUVOLE

Andrea era seduto sul balcone intento nel suo gioco, da un vecchio fustino del detersivo tirava fuori le mollette e le disponeva a coppia di due elevando una torre.

«Cosa stai costruendo?»

Il papà era appena rientrato da lavoro, lo prese in braccio e gli baciò la testolina mora.

«Mettimi giù che devo finire il *licottero*!»

Protestò il bambino.

«Cosa devi finire tu?»

Pietro sorrideva con gli stessi occhi di Andrea.

«Te l'ho detto: il *licottero*!»

Gli psicologi dicono che i bambini non devono essere distratti quando sono in attività ludica. Hanno ragione, il piccolo si stava inquietando.

«E poi lo farai volare?»

Marta guardò l'ingegnere in erba con amore materno. A parte gli occhi tutto il resto era suo.

«Certo! I *licotteri* volano! Domani ti costruisco un treno, così puoi giocarci anche te.»

Partirono i treni, volarono i *licotteri* e gli anni.

Andrea era sul balcone con lo sguardo triste: gli occhi simili ai suoi si stavano chiudendo. Marta lo raggiunse cercando in lui e in un silenzioso pianto il coraggio per accettare la realtà.

«Trent'anni insieme.»

Andrea era nato due anni dopo. Avevano abitato sempre in quella casa. Quando era caldo lui trascorreva il tempo sul balcone con la sua semplice scatola di giochi: un fustino pieno di mollette, pile scariche, rimasugli di fili elettrici, lampadine fulminate. Diventavano treni, elicotteri, astronavi, grattacieli.

Quando era freddo andava alla finestra bagnata di brina a guardare il fumo che usciva dal comignolo del palazzo di fronte. Pensava che da lì nascessero le nuvole. Il piccolo amava il sole e detestava il brutto tempo, pensava che il comignolo fosse la causa del grigiore e del freddo. Un giorno avrebbe raggiunto la terrazza per rompere quel coso che impediva al cielo di essere azzurro.

Entrò nella stanza in penombra dove suo padre respirava flebilmente. Lo accarezzò, gli sistemò il cuscino e le coperte. Poi si tolse le scarpe e si sdraiò accanto a lui

«Non sei al lavoro?»

Il fiato che rubava attimi alla vita.

«Oggi no, papà. Ho voglia di stare con te.»

Anche Andrea respirò per non far sentire la commozione che stringeva la gola.

«Come quando eri piccolo e giocavi con i *licotteri.*»

La vita sa aspettare seduta su una sedia, ha tutto il tempo che vuole.

«Si papà, che poi facevamo volare.»

Le lacrime, per fortuna, scendono senza fare rumore.

«Andrea, stai vicino alla mamma.»

«Anche tu papà stalle vicino.»

La vita si alzò dalla sedia, lo sorresse quell'attimo necessario per fargli dire: «Si.» Poi lo invitò a prepararsi, gli rinvigorì le tempre, gli tolse tutti i dolori e gli chiese con profonda umanità di seguirlo.

«Ciao papà.»

Andrea andò ad abbracciare sua mamma e la tenne stretta. Entrò il buio e arrivò il vento gelido dell'addio

Settimane dopo mamma e figlio erano fuori al balcone, il comignolo del palazzo di fronte non c'era più, eppure il cielo era denso di nuvole. Marta prese il cestino delle mollette: non c'era più nemmeno il fustino dei giochi.

«Vuoi costruire un *licottero*, Andrea?»

A parte gli occhi, tutto il resto che somigliava al figlio sapeva di dignitoso dolore. Andrea ammiccò un sorriso velato dal ricordo del tempo passato.

«Per poi farlo volare?»

Negli occhi di lui vide le persone che più aveva amato.

«Lo facciamo arrivare da papà.»

E il *licottero* si alzò silenziosamente nel cielo, passò le nuvole e prese una direzione che solamente lui conosceva.

I MATTI HANNO UN CUORE

La palazzina del Centro di Igiene mentale era circondata da un giardinetto con qualche panchina di pietra. Lucia era seduta sull'unica riparata dal sole e con gesti ripetitivi cacciava via qualcosa davanti agli occhi.
Gino le si avvicinò e chiese:
"Posso?",
Non ricevette risposta, ma lo stesso si sedette e guardò incuriosito quei frenetici movimenti con le mani.
"Che cosa stai facendo?"
"Caccio via gli insetti!"
Gino non vedeva niente. O erano molto piccoli, oppure erano frutto dell'immaginazione.
"É molto che vieni qui?"
"Si, però non chiedermi da quanto, perché confondo i ricordi"
"Anche io sono in cura"

"Sei tormentato anche tu da questi animalacci?"

"No. Sento le voci."

"Le voci? Di chi?"

"Non lo so, ma sono cattive, mi dicono "è colpa tua!" "hai visto che hai fatto?" "vergognati, hai rovinato tutto!".
Hanno un tono terribile, sembrano diavoli.

Lucia fermò le mani, lo guardò. Pose nella sua domanda una nota di materna dolcezza.

"Ti fanno paura?"

"Prima di più, ma ora, grazie alle medicine, urlano meno e riesco a sopportarle meglio."
"Anch'io ora sento ronzare di meno questi mostriciattoli di insetti.
Il dottore ha detto che in realtà non esistono, che ho una malattia che me li fa vedere. Se seguo le cure col tempo andranno via."

"Anche a me ha detto qualcosa del genere: che le voci smetteranno di spaventarmi, perché sono io a immaginarle, però dovrò curarmi sempre, per tutta la vita."

Il viso di Lucia fu illuminato da un raggio di sole che passò tra le fronde.
"Sai che io so cantare?"

"Davvero?"
"Si, e conosco anche una bella ninna nanna, me la cantava mia madre quando ero bambina."

"É una cosa bella."

"Sai che possiamo fare? Io canto la ninna nanna, le voci che hai dentro si addormenteranno e ti lasceranno tranquillo per un po'"

A Gino mai nessuno aveva cantato una ninna nanna. I ricordi della sua infanzia erano privi di musica e pieni di altro che era meglio restasse chiuso lì dove era.

Appoggiò la testa sulla spalla di Lucia e mentre lei addormentava i diavoli cantando una dolce nenia, lui delicatamente con la mano le mandava via gli insetti da davanti gli occhi

IL CUCCIOLO DI BOSCOBORGO

Era un tardo pomeriggio di autunno, il cielo tendeva al rosso del tramonto e le nuvole disegnavano macchie che ispiravano la fantasia dei bambini. Mamma e io sapevamo che la vecchietta gentile lasciava le ciotole con il cibo all'angolo della stradina bianca che portava al centro del piccolo paese. Ne metteva per tutti, ma dovevamo sbrigarci prima che arrivassero i gatti arruffoni che lo spargevano dappertutto.

Mamma mi precedeva e io trotterellavo dietro coi miei passetti da cucciolo. Mi attendeva e proseguivamo insieme. Era un momento bello, mi sentivo molto coccolato e mi sorrideva l'idea di mangiare i croccantini. Anche il macellaio era una brava persona e lasciava in un piatto di carta accanto alle ciotole dei pezzetti di carne. In fondo gli umani non erano male. Non feci in tempo a pensarlo che cambiai immediatamente parere.

Il furgone accostò repentinamente e frenò lasciando un solco sul terreno, saltò fuori un uomo dal ghigno cattivo armato di un lungo bastone col cappio. Ci venne incontro e mamma mi dette una spinta per farmi capire che dovevo fuggire. Io mi spostai di poco e rimasi immobile e spaventato. L'uomo costrinse mamma in un angolo, lei abbaiò col tutto il fiato che aveva in gola, digrignando i denti. D'impeto saltai alla caviglia di questo mostro per morderlo, ma mi allontanò con una pedata. Riuscì a infilare il cappio intorno al collo di mamma e la trascinò sopra il furgone. Lei abbaiava, io piansi. Più il mezzo si allontanava e più sentivo il freddo nel cuore. Non so quanto rimasi lì, sperando in un ritorno, in un ripensamento di quell'umano cattivo. Non accadde. Scese la notte, la più gelida che avessi mai provato. Arrivò l'alba, la luce fioca del sole. Sconsolato mi misi a camminare senza meta, non avevo mangiato niente e nemmeno avevo appetito. Dove avevamo portato la mia mamma? L'avrei più rivista?

A lato della strada c'era un rivolo d'acqua, lo seguii senza pensarci, come se fosse un'indicazione di qualcuno che da qualche parte si stesse prendendo cura di me. Doveva essere così, perché arrivai in un bosco. Gli alberi, il prato, il tappeto di foglie gialle, il canto degli uccellini mi rincuorarono, istillando in me la fiducia di non perdere la speranza. Arrivai fino ad una grande quercia e mi fermai. Pensai a mamma, che avrei fatto di tutto per averla di nuovo con me, come se niente fosse accaduto. Non piansi, ma ero atterrito dalla tristezza. I miei pensieri dovevano essere così forti che qualcuno li sentì. Avvertii un rumore di passi e un cane grande si avvicinò, mi guardo con tenerezza e mi fece cenno di seguirlo.

Arrivammo vicino ad una casina, accanto alla cuccia c'era del cibo e mi invitò a mangiarlo.

"Che posto è questo?"
Gli chiesi.
"Questo e Borgobosco, non lo conosci?"
Rispose un po' sorpreso
"No, io sono giunto qui per caso, seguendo un rivolo d'acqua"
Il cane grande usò un tono affettuoso e rassicurante e mi disse:
"Niente accade per caso. Che cosa ti p successo cucciolino?"
Gli raccontai gli eventi della sera precedente e lui ascoltò con grande attenzione.
"Quello che tu chiami mostro è un accalappiacani e deve aver portato mamma tua al canile"
"Cos'è il canile?" chiesi con apprensione.
"É un posto dove portano i cani vagabondi"
"Sono cattivi al canile?"
Ero tanto preoccupato che potessero fare del male a mamma.
Il grande cane non rispose, ma il suo silenzio disse tutto.
Dalla finestra della casina, una giovane e graziosa ragazza stava innaffiando i fiori sul davanzale. Era la fata di Boscoborgo e aveva un dono: capiva il linguaggio degli animali.
Uscì dalla porta indossando un vestito rosa che aveva il profumo dei fiori, mi prese in braccio e sorrise. Mi fece dei grattini sulla testa e sul

pancino. In quel momento i miei patemi cessarono. Mi rimise a terra vicino al cane grande, prese un cesto di vimini.
"Vado a raccogliere la frutta" sussurrò con voce melodiosa.
In quel momento arrivo la Primavera, piena di colori, di profumi, di gioia.
Sentivo che qualcosa di bello sarebbe accaduto, dovevo solamente aspettare perché, come aveva detto il cane grande, non ero arrivato lì per caso.

"Il caso è una mano grande, che sa accarezzarti quando sei triste, che ti restituisce la speranza quando la perdi. Puoi chiamarlo caso, altri usano altri modi"

Il tono caro del mio nuovo amico mi carezzò il cuore.
In quel momento sentii un festoso abbaiare, una voce che conoscevo, nella primavera di colori, profumi e gioia stava arrivando la felicità.

"Mamma!" saltavo come una trottola preso da un'irrefrenabile contentezza.
Mi corse incontro, mi leccò come solamente lei sapeva fare.
La fatina di Boscoborgo, sempre sorridente, posò la cesta con la frutta. Si rimboccò le maniche, prese degli arnesi e degli assi di legno e costruì in men che non si dica una cuccia accanto a quella del cane grande.

"Voi restate con me. Starete bene, conoscerete tanti amici buoni come lui"
Dette una grattata sulla testa del cagnolone, che se la prese con un divertente gorgoglio.

E questa è una delle tante storie di Boscoborgo. A raccontarla qualcuno crede che sia una favola. Io, anche se sono ancora cucciolo, penso proprio di no.

DUE SOLITUDINI

"Come esci dall'autostrada, segui le indicazioni sulla provinciale fino al centro del paese, poi prendi la strada del passaggio al livello, chiedi del panificio, io abito nella palazzina accanto, quella in cortina. Ti aspetto. Sweet Lady Jane."

La donna spense il notebook e vide l'orologio a parete che indicava le due del mattino, andò nella cameretta dove stava dormendo sua figlia, spense la lampada sul comodino e accostò la porta. Era già qualche mese che Stella dormiva da sola, ma aveva ancora paura del buio. Il ticchettio della mamma alla tastiera e la tenue luce della lampada l'aiutavano ad addormentarsi serenamente.

Daria entrò nella camera da letto e aprì l'anta dell'armadio con lo specchio lungo, si guardò, si sfilò la vestaglia e continuò a vedere l'immagine riflessa. Era sempre lei, nonostante un pomeriggio trascorso al centro estetico e settimane di applicazioni di creme costose dalle mille promesse.

Aprì la finestra e accese una sigaretta, ogni boccata un sospiro, ogni sospiro un ripensamento. La pioggia scendeva dalla mattina, le gocce cadevano oblique risaltando alla luce del lampione e rimbalzando sulle auto parcheggiate e sull'asfalto. Daria aveva nella mente quelli che chiamava i "pensieri bianchi", perché portavano la stessa tristezza dei tubi al neon.

Anni prima passava ore a quella finestra ad aspettare che Maurizio rientrasse. Sigarette e attesa. Non era sempre pioggia, neanche sempre freddo, ma il gelo nell'anima, quello non mancava mai. Il più bastardo dei compagni di solitudine.

Maurizio. Che un giorno suonò alla porta, le fece un sorriso di ceramica e aprì un campionario di tessuti. Era un rappresentante di corredi, aveva dieci battute collaudate. Quella volta fecero effetto e andò via con un ordinativo. Si ripresentò per un saluto e ripeté le dieci storielle, che lei finse di trovare ancora divertenti e rise forse troppo, perché due giorni dopo era di nuovo lì con un mazzo di fiori di campo.

Le venne in mente suo padre, che ad ogni ricorrenza portava dei fiori a sua madre. Finché non divenne etilista, e arrivarono per la prima volta i pensieri bianchi di luce al neon, come quella della stanza di ospedale dove gli praticavano la paracentesi per aspirargli l'ascite causata dalla cirrosi.

Maurizio una sera si presentò con due valigie e senza campionario. Furono belli quei giorni. Fu bello quando nacque Stella, un nome che Daria scelse perché era luminoso, aveva l'immensità del cielo e l'eternità del tempo.

Quel tempo nemico che trascorreva ad aspettare Maurizio, che rientrava sempre più tardi, sempre più strano. Quella notte che non ritornò, perché con l'auto saltò la carreggiata e sprofondò in una scarpata. Con molto tatto i carabinieri le dissero che la causa fu un colpo di sonno e quasi trascurarono il forte stato di ebbrezza. Anche in questo tanto simile a suo padre.

Il limbo non è il passaggio intermedio tra l'inferno e il paradiso. É l'assenza dalla realtà, è il disinteresse per sé stessi e per quello che accade intorno. Daria si rifugiò in questa zona grigia, ogni tanto distratta dalla bambina che cresceva.

Negli anni si abituò al limbo, che attenuava tutto. Non aveva nemmeno quarant'anni e vagava in questo vegetare in attesa del nulla.

Poi qualcosa accadde.

Trovò nella cassetta della posta un volantino con scritto che la sua zona era finalmente coperta dai servizi internet e telefonici integrati a costi estremamente vantaggiosi. Fece solo una chiamata per riceverne cento da un tenace operatore di call center, che ci mise un impegno tale da prenderla per sfinimento.

Dopo un mese si connesse per la prima volta da casa con il portatile che aveva comprato apposta, ora che aveva l'ADSL. Col tempo divenne un'abitudine: dopo aver messo a letto la bambina si preparava il caffè, posava le sigarette e l'accendino sul tavolo e si collegava, prendendo dimestichezza con il computer e con la rete.

Una sera digitò nella stringa del motore di ricerca il nome del suo primo ragazzo, chissà cosa sarebbe uscito? Niente. Poi provò con i nomi delle compagne delle elementari, dei colleghi, di chiunque le passava in mente. Molti riconducevano ad un sito di cui sentiva parlare sempre più spesso, un social network. Se voleva sapere di più delle persone che trovava, però, avrebbe dovuto iscriversi.

Provava un'istintiva diffidenza nel fornire i suoi dati, ne aveva sentite troppe di psicopatici in agguato nel web. Ma il richiamo a partecipare era come il canto delle sirene. L'idea fu semplice e facile da mettere in atto: Cercò un nominativo con molti omonimi, digitalizzò e ritagliò una sua foto con gli occhiali da sole di qualche anno prima, volutamente confondibile.

Il suo profilo era completo. Anna Rossi, single di trentadue anni, amante dei gatti e della letteratura russa, dei viaggi esotici e dei film di Ridley Scott esordì sul palcoscenico virtuale andando a chiedere a qualche iscritto se per caso lui era quella persona che aveva conosciuto in vacanza a Sharm l'estate prima. Qualcuno le diceva: "forse", altri: "è probabile", pochi: "no", ma la maggior parte l'inserì nell'elenco amici. In una settimana aveva più amici di quanti non ne avrebbe avuti nemmeno in tre vite.

Quella cosa le faceva bene, davanti al notebook usciva dall'apatia, era brillante e sorridente. Sua figlia colse i benefici di questo nuovo umore della madre: mangiava con allegria, riceveva più carezze e affettuosità, il buio era meno oscuro e poteva dormire nella sua cameretta, anche se con la lucina accesa e la mamma che doveva stare seduta in salotto a fare quel rumore incessante sulla tastiera, che le trasmetteva tanta tranquillità.

Il social network era frequentato da persone di ottima qualità, tutti giovani o giovanili, professionisti brillanti, dalle foto che vedeva era gente anche di bell'aspetto. Uno in particolare la colpì: era un imprenditore che aveva trascorsi da manager, viaggiava spesso, come scriveva: "*ho più ore di un comandante di volo*", non era sposato: "*ma è come se lo fossi stato, no, non ho figli, una storia chiusa*".

Era molto affettuoso, anche quando era all'estero si portava sempre dietro il portatile per parlarle. Le piaceva quest'uomo dinamico e affascinante dalla vita movimentata e si sentiva molto gratificata dal fatto che una persona così brillante, al quale certamente non mancavano occasioni per conoscere altre donne, fosse interessato a lei.

Una sera le propose un gioco: le chiese di scegliersi un nick, un nomignolo, perché avrebbe aggiunto un tocco particolare alla loro già speciale amicizia.

La sera dopo si ritrovarono in chat:

«Da questo momento non parlerai più con Anna Rossi, ma con una ragazza che hai conosciuto la settimana scorsa a Londra.»

«Quel giorno non avevo l'agenda e non ho appuntato il tuo nome, potresti cortesemente ricordarmelo?»

«Va bene, anche se i nomi, come hai detto, sono solo una banale convenzione. Sweet Lady Jane.»

«Cara Sweet Lady Jane, quel giorno è stato un frenetico susseguirsi di incontri e di impegni di lavoro. I nomi sono una convenzione, è vero, ma il tuo è come un abito che uno stilista ha creato esclusivamente per te. Devotamente tuo, Henry The King.»

TRA LAMPO E TUONO

La pioggia si fece più forte. Daria chiuse le persiane, andò in bagno a prepararsi per la notte e dopo s'infilò sotto al piumone. Vide il bagliore di un lampo tra le pieghe degli scuri e cominciò a contare: "*mille e uno, mille e due, mille e tre...*", finché non sentì il fragore del tuono. Era una cosa che le aveva insegnato il papà da bambina per capire a quanta distanza fosse precipitato il fulmine: se arrivava a mille e sette, voleva dire che era caduto a circa sette chilometri da dove si trovava. Daria non appurò mai se questa teoria fosse vera, gliela aveva insegnata suo padre e questo le bastava.
Doveva dormire, domani sarebbe arrivato Enrico, l'imprenditore che aveva conosciuto sul social network, sarebbe stata la prima volta che l'avrebbe incontrato. Anche se lottava ogni giorno con sé stessa per convincersi di conoscerlo profondamente, sentiva che aveva amato con grande trasporto una persona che non aveva mai visto. L'indomani sarebbe stato il giorno della verità, perché lui avrebbe scoperto che lei non era la persona che gli aveva detto di essere.
Si dava della stupida, perché era stata lei a volere l'incontro, anche forzando la volontà di lui. Forse era stata proprio la resistenza di Enrico a farla diventare insistente, come quando giochi a carte e perdi e resti seduta al tavolo, ammaliata dal sottile masochismo dell'autodistruzione.
Il giorno dopo lui avrebbe visto quello che lei aveva osservato nell'immagine riflessa allo specchio: una donna coi capelli troppo tinti, con i segni di espressione sul viso che tradivano più anni di quelli dichiarati. Daria non aveva niente che non andasse per una donna della sua età, ma non era credibile come trentenne. Più ci pensava e più si rendeva conto che, come Thelma e Louise, aveva spinto l'acceleratore verso il burrone.
Cercò il lettore sul comodino e avviò l'unico cd che ascoltava da giorni: "Come è profondo il mare" di Lucio Dalla. Andò subito alla traccia che voleva sentire: Quale allegria, "*cambiar faccia cento volte per far finta di essere un bambino*". Lei la faccia l'aveva cambiata una volta sola, concedendosi il regalo di un'illusione, non aveva messo in conto che sarebbe potuto nascere un sentimento così profondo, fatto di vera intimità.

Enrico aveva una voce calda, suadente, al telefono parlava quasi sussurrando, come se le stesse rivelando un segreto. Erano telefonate che avevano il fascino della notte e l'intimità delle lenzuola. Lei leggeva il suo messaggio sullo schermo del pc: "*Posso chiamarti?*". "*Si, tra cinque minuti.*". Andava a controllare che sua figlia Stella stesse dormendo, spegneva la lucina sul comodino e accostava la porta. Poi toglieva la suoneria, si sdraiava sul letto ed aspettava la vibrazione del telefonino, col cuore in agitazione dall'emozione. La prima volta si sentì in imbarazzo, ma Enrico sapeva come chiedere le cose.

"… mi sembra come se tu fossi qui, vicino a me…" "sento la tua bocca baciarmi, la tua mano sfiorarmi, cercarmi..." "…il tuo odore sul mio corpo…" "...il tuo seno sul mio petto…" "… sei bellissima, sensuale… tu mi senti? ..."

E lei chiudeva gli occhi e rispondeva *"… si..."* ad ogni sua richiesta, Henry The King era un magnifico amante, molto generoso, che sapeva rispettare i tempi, che si preoccupava di lei e sapeva come appagarla. Daria provava cose che non aveva conosciuto prima, le sue mani erano quelle di Henry, che sapevano dove andare e cosa fare.

Anche lei voleva che lui fosse felice e diceva le parole che accendevano la sua immaginazione. Non gli negava niente. *"…si…si…si…"*. Il suo piacere coincideva con le lacrime, mentre sentiva i gemiti di lui. In quel letto matrimoniale occupato per metà lei aveva fatto l'amore, un istante dopo arrivavano l'imbarazzo e la voglia di un abbraccio vero.

Il desiderio di stringere la persona che amava si fece sempre più forte. Camminare con lui per mano, andare insieme a fare shopping, al cinema. Come una coppia normale. Erano entrambi liberi, perché non avrebbero potuto farlo? Poi si ricordava delle cose che aveva taciuto, delle mistificazioni.

Enrico non sapeva di sua figlia Stella, nemmeno che lei era completamente diversa da Sweet Lady Jane. Daria evitava di pensarci e continuava a vivere questo rapporto sul social network, come certe persone che hanno una malattia, che, se non ci pensano, finiscono per illudersi di non averla. Ma ogni volta che si ritrovava da sola nel letto in lacrime con la necessità di sentirsi avvolta da vere braccia, le ritornava in mente la verità, sempre più ingombrante.

Sul social network aveva fatto amicizia con Stefania. Le aveva dato subito l'idea di una persona sensibile e sincera: nel profilo aveva una foto normale, diceva di essere una moglie e madre senza patemi, nella vita insegnava Storia e Filosofia.
Daria prese confidenza con lei e le rivelò la verità. Stefania l'ascoltò con molta attenzione, non la interrompeva quasi mai, se non per farle capire che era molto partecipe a quello che le stava raccontando. Quando capì che poteva confidarsi del tutto, le disse anche delle telefonate notturne.
Stefania non dette importanza a questo particolare, le disse che due persone che si amano in qualche modo devono raggiungersi. C'era stato un periodo che suo marito per lavoro era stato mesi in un'altra città e anche a lei era capitato di trovarsi in intimità in questa maniera.
La domanda di Stefania arrivò quando fu il momento giusto per porla. Come un medico che ha svolto tutti i controlli e deve informare il paziente che ci sono due possibilità per risolvere il problema. Allo stesso modo lei gli indicò le due strade: chiudere la relazione o affrontare la realtà.
«Non puoi fare finta di niente, Daria. Tu non sei Anna Rossi, nemmeno Sweet Lady Jane. Tu hai la tua vita, hai una figlia, hai un bel pezzo di futuro davanti. Questo rapporto non può proseguire così come è adesso. É stato bello, ma ha dato tutto quello che doveva dare. Se lui ti ama, ti accetterà, anzi, vi accetterà. Se invece non ti dovesse amare, che te ne fai di questa storia?»
«Per me è come una droga, Stefania, Enrico mi ha fatto sentire donna come mai nessuno prima. Il giorno aspetto con ansia che arrivi la sera per leggere gli affettuosi messaggi che mi ha scritto, per trovarlo, per amarlo.»
«Se è così, va tutto bene. In fondo, se è questo che cerchi, mi sembra che non te lo faccia mancare. Però Daria, tutto questo lui non lo dà a te, ma ad un'altra persona. Se il tuo amore per lui è vero, devi uscire dall'egoismo e dirgli la verità. Perdonami se ti sembrerò spietata, ma lui non ha mai fatto l'amore con te, ma con Sweet Lady Jane. Non mortificarti più, Daria, esci dal sogno ed entra nella vita.»
«La vita mi ha fatto sempre e solamente male, Stefania. Per questo la gente impazzisce e trova rifugio nella follia!»
La tastiera si riempì di lacrime e la stanza di singhiozzi. Una manina le toccò la spalla, era Stella. Vide gli occhi bagnati della mamma e

cominciò a piangere anche lei. La donna la prese in braccio e la strinse forte.
«No, tesoro, la mamma ha fatto solo tanti *etcì* perché ha il raffreddore. Vieni, andiamo nel lettone. Stanotte dormiamo abbracciate strette strette io e te!»
La bambina si addormentò con la mano sul collo di Daria, quasi volesse impedirle di allontanarsi. Lei sentiva il profumo di Stella, sapeva di borotalco e di caramelle. Era la sua piccola, era la sua unica grande ragione di vita.
Sul comodino vibrò il cellulare.
«Tesoro, come stai?»
La voce sussurrata di Henry lasciava trasparire che aveva desiderio di intimità, lei guardò il corpicino accanto e fu assalita un improvviso senso di vergogna.
«Enrico, non sto bene.»
Rispose piano per non svegliare la bambina.
«Mi dispiace, stai male?»
Nonostante adesso ci fosse più premura nel tono, Daria sentì qualcosa di artefatto, quasi che fosse seccato perché quella notte non avrebbero potuto "dirsi le cose".
«Riguarda noi, Enrico, dobbiamo incontrarci, parlare.»
Daria aveva imboccato una delle due strade, la più difficile, ma era l'unica che offriva una possibilità di proseguimento a questa storia.
«Perché non vuoi restare nel nostro mondo magico, Sweet?»
Pioggia, un lampo, *mille e uno, mille e due, mille e tre, mille e quattro...*
«Perché io non so chi sei e tu non sai chi sono io, Enrico.»
Tuono.

Note del curatore
Sono io il curatore di questa Antologia, voglio solamente aggiungere che nel mio spazio ho voluto inserire alcuni racconti brevi che hanno ricevuto molto consenso, la fiaba che è contenuta nella raccolta "*Con la penna e senza scarpe*" e due racconti inediti che faranno parte del mio prossimo romanzo.
Adriano Albanese

PINO DE PACE

Pino De Pace nel ricordo del Papà, della Mamma e dei fratelli Concetta, Tommaso, Roberto, Marisa, Patrizia e Luigi

Giuseppe De Pace, ma tutti lo chiamano Pino, è il terzo di sette figli.

Nasce a Gasperina, in provincia di Catanzaro, il 13 settembre 1955 e nel 1964 la famiglia si trasferisce a Roma.

Qui Pino cresce in serenità e in saggezza, col proposito di donare il sorriso.

Frequenta il Liceo Scientifico e, dopo il servizio militare, si iscrive alla Facoltà di Psicologia alternando lo studio al lavoro.

Ha una grande passione: la musica di cui ne pratica l'insegnamento e che tanto lo gratifica.

Nel 1982 vince un concorso da Educatore nelle Carceri Minorili e, dopo un breve periodo a Treviso, viene trasferito a Torino presso l'Istituto di Osservazione per i Minorenni Ferrante Aporti dove gli vengono affidati i ragazzi recidivi: il suo lavoro è servizio che, pur riflettendo le angosce dell'uomo, guarda sempre in alto e dietro le nubi dove il cielo è sempre sereno.

Pino è generoso e ha un cuore grande, e trascorre gran parte del suo tempo libero presso la Comunità In-Contro che si occupa del recupero dei ragazzi tossicodipendenti.

Il 13 febbraio 1983, all'età di soli 27 anni, la sua vita si spegne in un tragico pomeriggio, nel famoso Cinema Statuto, il cui incendio rubò alla vita 64 innocenti.

Il 14 marzo 1983, su richiesta del Ministero di Grazia e Giustizia, la Sala Musica dell'Istituto Ferrante Aporti viene intitolata all'educatore Giuseppe De Pace.

Nell'agosto del 2014, su richiesta del Sindaco di Gasperina, gli viene intitolata una strada e precisamente "la scalinata" che rappresenta da sempre il luogo simbolo di ritrovo dei giovani del paese dove Pino è nato.

Durante la sua seppur breve vita, vissuta in modestia e sempre con immensa dolcezza, aiutò tanta gente bisognosa d'amore.

Anima di poeta e tessitore di armonie, si esprime come cantautore: compone testi delicati e scrive poesie che lanciano messaggi capaci di scuotere il cuore di chi li ascolta.

I suoi canti, le sue musiche, le sue poesie, nascono da un'esperienza viva di vita vissuta insieme ai suoi molti amici e non importa che alcuni di loro abbiano vissuto esperienze di emarginazione o di carcere.

Pino, anche fra le lacrime, vuole riscoprire la capacità del sorriso, la forza della gioia, i sogni di un tempo, le prospettive del futuro.

Nella sua poesia l'Amore sembra essere la nota dominante che scaturisce con la forza della sua giovinezza e risana ogni ferita.

Le lacrime diventano "gocce di rugiada", la violenza "si spegne negli occhi di un bambino", la vita è una meravigliosa avventura che va vissuta fino in fondo con entusiasmo e impegno.

La sua poesia rimane a noi come un testamento d'Amore e una testimonianza: sta a noi ascoltarla come un messaggio di Speranza.

Ai suoi amici, a quanti lo hanno conosciuto e amato e a quanti verranno a conoscere, attraverso queste pagine, la semplicità, la bontà e la generosità del suo animo.

CANTO PERCHÉ

Canto perché
è il mio modo di lottare
e lo vedrai
se resti qui ad ascoltare, se vuoi...
narrerò di un vecchio a vent'anni
di ragazze di strada, di paure,
di violenze e infine d'amore.
Non ti aspettare però
che l'amore sia solo un minuto
un bacio dato per caso,
le tue labbra incontrate nel buio... no
Canto perché
non so se vivrò poco oppure tanto
e le mie lacrime no
non saranno fatte solo di pianto ma...
gocce piene di poesia:
una cade è la malinconia,
un'altra scivola piano piano
è la vita che noi viviamo.
Ti sei accorto però
che le mie canzoni ti fanno studiare
ma vedo che già
per le strade le vai a cantare;
così io continuerò finché

c'è qualcuno che mi sente
e sempre canterò
la gioia mia, la tua e di tanti
come pure il dolore.
Canto perché mi va...

PADRE

Treno che corri e porti con te
gioie, dolori, fatiche e speranza
di un uomo solo che lascia la stanza
della sua casa quando l'età già avanza.
Non pensa più alla sua posizione
ormai fra un anno andrà in pensione;
scrive due righe ai figli lasciati
dicendo che li ha sempre amati
e dal loro cuore che ghiaccio non era
nasce una dolce preghiera...

Vento cattivo che porti con te
odio, rancore, e un po' di follia,
perché continui invano a bussare
alla porta di casa mia?
Non c'è speranza per te che vuoi il male,
qui ormai è entrato l'amore
e dai nostri cuori che ghiaccio non erano

nasce una dolce preghiera:

Padre, le tue bianche tempie
ci rivelano la tua saggezza,
non vedo perché di te
noi dovremmo restare senza.
Padre, le tue grandi mani
non sentiamo più sul nostro viso
quando ci picchiavi
e dopo il perdono c’era il tuo sorriso.

VIOLENZA

Un gelido nell’aria
nessuno sa cos’è
per me è come
un qualcosa che muore;
ecco si fa
sempre più viva dentro me
una figura nera
nella notte.
Eccola che arriva
Sempre più meschina
e di ogni uomo sembra la regina…

La nebbia continua discende

ma il sole ancora c'è,

nessuno si accorge

se qualcuno muore;

una madre dalla finestra

si affaccia e grida,

invano chiama il figlio

che ormai è lontano.

Eccola che arriva

sempre più meschina

e di ogni uomo sembra la regina...

Violenza, io...

Violenza, io...

Violenza io ti odio,

sei nata dalle belve

ma vivi nell'uomo.

Violenza, io...

Violenza, io...

Violenza io ti sfido

e chiedo l'aiuto solo ad un bambino.

MORTO VIVENTE

Un freddo mi avvolge

eppure c'è il sole

e in me non si scorge

né la gioia o il dolore;

cammino per le strade,
la gente mi vede,
ho lo sguardo stupito
di chi ancora non crede
nella malvagità.

Si, sono un morto vivente:
se canto o sorrido,
se aiuto la gente,
c'è chi dice
che non servo a niente.
Si, sono un morto vivente,
se chiedo o dò amore
perfino un parente dice:
tutto ciò non è importante.

Il tempo vola, fugge
ma voi sempre lì restate,
ricordi, come piogge
di lacrime versate;
le pareti, i fiori lo sanno
che le mie canzoni
non sono un inganno
ma semplici illusioni
in cui vivo.

LA LUNA

La sera è scesa già
il sole se n'è andato
lasciando al posto suo
un tiepido brillar
non ci riscalderà di certo
ma la strada ci illuminerà.
Con gli occhi pieni di lacrime
e nel cuore pensieri vaghi
cerchiamo di comunicare
con te, che non parli mai ...
Luna hai il potere di incantare
chiunque ti guardi,
e guardandoti non si può
fare a meno di pensare ...
al passato, al presente e
a quel che verrà.
Grazie Luna

SE

Se... un giorno o l'altro
dovessi per caso sparire,
se... dovessi scordarmi di tutti
anche dell'anima mia,
se... qualcuno mi trova

è pregato di fare…

Fuoco: tanto non sentirò dolore…
Fuoco: mirate proprio al cuore…
Fuoco: per spegnere un amore…
Fuoco su un’ombra di un uomo.

Se… un giorno o l’altro
dovessi per caso scoprire
che quello che ho fatto
ormai non può più servire,
se… qualcuno mi trova
è pregato di fare…
Fuoco: tanto non sentirò dolore…
Fuoco: mirate proprio al cuore…
Fuoco: per spegnere un amore…
Fuoco su un’ombra di un uomo.

VENT’ANNI

Ti accorgi un giorno di non poter vivere
perché non hai più niente in cui credere
e accenni a rifugiarti nella fantasia,
scrivendo canzoni che restano utopia.

Vecchio a vent’anni

non lo avresti creduto mai
di dover restare
in quella stanza grande e buia
a cantare per un'ombra
che è la tua.

Vedi la neve che ghiaccia sui vetri
e pian piano senti che si fredda l'anima
e vorresti riscaldarti con il fuoco
ma dentro di te c'è un grande vuoto.
Le tue labbra parlano d'amore,
i sentimenti sono il pane tuo,
sei nato in un tempo che non fa per te,
l'odio e l'inganno sono figli del re.

Vecchio a vent'anni,
le lacrime agli occhi hai,
vorrei aiutarti
ma la legge me lo vieta, sai.
Vecchio a vent'anni,
uno specchio per me tu sei
ma bada perché
qui si truccano tutti ormai.

GIROTONDO

Ho fatto a pugni con la mia coscienza
perché mi ha detto che non son capace
di fare quello che mi va.
Ho combattuto cento, mille guerre
contro chi non mi ha mai capito,
contro chi non mi ha mai creduto.
Ho capito che il tempo non torna più indietro
che oggi bisogna darsi da fare
anche se non ti piacerà.
Ho intravisto l'alba, il buio è scomparso,
mi sento felice, mi sento diverso
e so che tu mi capirai.
Girotondo, girotondo,
la mia vita dentro il mondo
che mi avvolge lentamente
e di me non rimane niente.
Girotondo, girotondo
io per gli altri un vagabondo
che non vuole lavorare,
vuole solo divertirsi, cantare.

AMA

Un si, un no, quante cose può cambiare
ma non ci dirà s'è stato amore,
forse il peso dei ricordi svanirà
mentre qualcosa morirà...
Non è facile inventare una vita
mentre tutt'intorno è come pietra
e, se perderai talvolta un po' di te,
l'importante è che non sia vita...
Se un giorno sentirai la stanchezza,
vuol dire che non hai gettato gli anni tuoi;
forse ci sarà chi riderà di te:

sarà colui che non ha vissuto...
Ama la vita e più vivo ti sentirai,
ama il respiro che dall'aria prenderai,
ama con la forza che tu hai
e non fermarti mai, mai.

CONTROCORRENTE

Come un pulcino io volevo già volare
mi accorsi poi di non saper camminare
mi persi nell'immensità...
Piovve sopra di me ma non ebbi paura,
un rifugio trovai con un po' di fortuna,

aspettai l'arcobaleno.

Strade piene o deserte io continuo a viaggiare,
guardo in faccia la gente: non so cosa pensare
s'è sogno o realtà...
Forse mi fermerò in una grande radura
dove il cielo è mare, dove la terra è luna,
non so quando ci arriverò.

Controcorrente da solo me ne andai
ma già qualcuno segue i passi miei.
Controcorrente il tempo non si sente
la nebbia non nasconde la realtà.

DESTINO

Gira il tuo sguardo
per un momento verso me o destino,
apri i tuoi occhi e dimmi il futuro,
così potrò vivere anch'io
una vita normale...
Ma cosa fai?
Che cosa avrai letto mai,
o destino?
Che cosa c'è di strano
nel mio futuro?

Non dirmi che non avrò anch'io
un domani, ti prego...
Sfoglia il tuo libro e leggi,
non dirmi che adesso non vedi più;
fidarsi di te è un errore,
la vita non la butterò più.

LA VITA È MIA

Un dono che Dio ha dato a noi
una vita da vivere
ma perché volete voi vivere la mia...?
Io vivo peccando, sbagliando,
dicendo bugie, ma tutto quel che ho
è veramente mio.
L'amore, gli amici, una gran bella cosa
finché non vietano la mia libertà
di peccare, di sbagliare, di dire bugie
ma tutto quel che dò è veramente mio.
Mi generò mia madre
e mio padre mi educò
ho forse imparato a studiare
ed ecco quel che so.
La vita è mia e di lei decido io,
certo farei una fesseria

se non la volessi vivere,

la vita è mia…è mia…

PASSI

Mi affacciai alla vita e tu eri già dentro di me

senza paura e violenze viviamo noi due;

anche se non so il tuo nome e non posso fermarti

cresci con me, posso vederti mentre…

Passi senza far rumore

passi

lasci una speranza e passi

sul volto qualche ruga in più.

Una carezza ogni giorno e porti con te un po' di me:

gioie, dolori e speranze che non torneranno mai.

Quando il corpo poi non volle più andare lontano

tu mi lasciasti lì a sognarti mentre…

Passi senza un lamento

passi con la pioggia e il vento

passi

per non tornare più.

SOGNO

Strade diverse, sguardi incrociati

nel buio di un attimo

e tu che parli, che ridi,
pian piano mi sfiori la mano
e voliamo lontano nell'immensità.
E...
Sogno di portarti via
dove finisce la realtà
e comincia la poesia e...
sogno, ad occhi aperti sogno.
Stammi vicina
è già da un po' che ci conosciamo
ed io, che non ci credevo
che tutto potesse accadere,
mi trovai a volare con te!
Stretti nel vento,
il nostro abbraccio dura nel tempo,
io e te insieme senza sfiorarci
basta solo guardarci
per volare lontano nell'immensità

Nota del curatore

Non ho conosciuto personalmente Pino De Pace, ma sento di avere molte cose in comune con lui. Siamo figli della stessa generazione, quindi siamo stati ragazzi nello stesso periodo e - questa è una nota più caratteriale -, avevamo indoli molto simili. Come lui leggevo molto e nei libri traevo insegnamenti e coltivavo ideali e desideri per contribuire ad un mondo migliore, dove la generosità di dare colmasse le distanze tra primi e ultimi, dove saper ascoltare era meglio di saper predicare.

Nelle poesie e nelle canzoni di Pino ritrovo la mia stessa urgenza di afferrare la vita prima che scappasse. Anch'io suonavo la chitarra e componevo canzoni, allo stesso modo lasciavo i miei pensieri sui tovaglioli di carta e foglietti volanti.

A distanza di tanti anni ritrovo nell'arte di Pino un'eredità spirituale che inevitabilmente ho raccolto come un prezioso dono.

La scrittura non segue le regole del tempo e una persona è viva finché è vivo il suo ricordo, per questo Pino respira in queste pagine ostentando un meraviglioso sorriso e mettendoci in cerchio ad ascoltarlo cantare e ad ascoltare queste sue quattro righe in corsivo che parlano di lui, di me, di noi.

Adriano Albanese

"Saperti un tantino felice vita mia

è come se tu non finissi…

mi accorgo infatti che

cominci ogni giorno."

BARBARA FRANCONI

Sono Barbara Franconi, cosa posso dire di me? Vivo a Roma e sono orgogliosamente romana. Pur avendo alle spalle una formazione culturale umanistica ed una laurea in lettere, progetto e scrivo Processi Operativi per una delle più importanti Aziende italiane. Ho sempre amato la lettura. Se non avessi iniziato a lavorare appena laureata, mi sarei iscritta alla scuola di perfezionamento per diventare bibliotecaria. Non mi sono mai pentita della scelta fatta, tutt'altro. Ho sempre cercato di trasferire nel lavoro e nelle persone che mi hanno accompagnato nel corso della vita tutto il meglio appreso dai libri e dai maestri che ho avuto la fortuna di conoscere, con l'augurio di poter incidere positivamente sulla realtà e sulle esistenze degli altri. Dolorose circostanze mi hanno di recente spinto verso la scrittura per rispondere ad una forte esigenza di esprimere il mio mondo interiore. La perdita della persona che più ho amato è stato un qualcosa che mai credevo potesse accadere, un'amputazione senza anestesia della mia anima. Nonostante tutto l'amore e ancora vivo in me e in me resterà per sempre. Sento che questo sentimento posso donarlo al prossimo impegnandomi in qualcosa di utile per una buona causa. Se riuscirò ad essere di aiuto a qualcuno, fosse solamente uno, vorrà dire che ne sarà valsa la pena.

FATTI VIVO!

"Fatti vivo" come sempre lo aveva salutato con tenerezza, nell'attesa e nella speranza del primo appuntamento,

di quel sabato che valeva per intensità emotiva più di trenta anni, come dicevano gli amici del cuore. Stavolta però era diverso, era solo una illusione carica di dolore. Non si sarebbero più rivisti.

Quell'ultimo incontro tragico e sublime insieme in realtà era l'addio dopo una vita vissuta e tante tempeste attraversate insieme e sempre superate. Era l'ultimo omaggio che lui le aveva dedicato.

OTTOBRE 1986

La notizia aveva suscitato grande emozione e tristezza fra gli operai e i dirigenti dello stabilimento. Il ricordo della tragedia del reattore nucleare e la nube tossica di Cernobyl di pochi mesi prima era ancora vivo.

Apprendere che una bambina di soli dodici anni figlia di uno dei lavoratori più carismatici all' interno della fabbrica,

stimato e detestato allo stesso tempo, era stata colpita improvvisamente da una grave malattia dagli esiti incerti aveva impressionato tutti.

Non c'era solo la tristezza e il coinvolgimento emotivo da parte dei colleghi per quanto Giacomo stava vivendo come padre, ma la consapevolezza, anzi il terrore che l'esistenza più o meno scorrevole di ciascuno potesse senza preavviso essere messa alla prova in modo così duro. Anche Raffaella, seppur presa dalle sue vicissitudini sentimentali, dal matrimonio incombente, dai dubbi inconfessabili che la assalivano in proposito, aveva cercato vincendo la sua riservatezza e timidezza di far sentire a Giacomo e alla moglie, con delicatezza, la sua vicinanza per quanto stavano vivendo.

La differenza di età con Giacomo non le aveva mai permesso di considerarlo un amico. Per lei era quasi un tabù.

Cosa potevano mai scambiarsi persone dal vissuto così diverso, lui di diciassette anni più grande, lontano dalla sua formazione culturale, dalle sue passioni e dagli atteggiamenti talvolta prepotenti?

Quasi nulla se non il gioco, le battute scherzose nelle pause di lavoro, qualche apprezzamento, seppur timido di Giacomo nei suoi riguardi, sulla sua bellezza e su una certa rigidità, anzi "settarietà" nel giudicare i comportamenti altrui se poco "morali" a dire di Raffaella. Una cosa sì forse li avvicinava... un certo modo di sentire il mondo...

Ma chi crede di essere? La svolta

NOVEMBRE 1989

Quel certo modo di sentire il mondo, di concepire il futuro, la speranza di poter cambiare le cose faceva sentire vicini Raffaella e Giacomo. Ognuno con il suo temperamento, la sua sensibilità e la sua storia stava accanto all'altro senza mai però perdere di vista la storia, le gioie e i dolori della esistenza di ciascuno. Il gioco era la cifra del loro rapporto. Raffaella si divertiva, quando stando a volte nello stesso gruppo di lavoro, lo incalzava per farsi raccontare le vecchie storie della borgata dove lui cresciuto in fretta aveva conosciuto personaggi terribili e affascinanti insieme, dai soprannomi inquietanti e tristemente famosi. Le sembrava strano e affascinante che nonostante la vita difficile e piena di dolore, Giacomo avesse conservato uno spirito nobile e una sensibilità rara, capace di leggere così a fondo del suo animo che ne restava ogni volta meravigliata: "È vero!" esclamava di fronte a Giacomo quando lui colpendola nel profondo faceva emergere i desideri e le delusioni più profonde che neanche lei stessa riusciva a confessare a sé stessa.

Lei gli voleva bene, era un caro amico da cui imparare tanto, a cui stare vicino per rendergli la vita più lieve e soprattutto per parlare di politica, del partito che per entrambi era davvero tanto, una passione, un amore, una febbre che nel bene e nel male orientava le giornate di entrambi.

Il 12 novembre del 1989 Raffaella e tanti altri come lei, a cominciare da Giacomo non lo avrebbero più dimenticato. Si doveva cambiare, dicevano i dirigenti del partito, ci si doveva aprire per privare a cambiare il mondo, dobbiamo cominciare da noi, dicevano, non dobbiamo avere paura del nuovo... nulla può toglierci i valori in cui crediamo. Era stata una delle notti più difficili della sua vita, era rimasta sveglia a pensare con l 'animo pieno di tristezza per quei simboli ammainati per una storia da mettere in soffitta. Suo marito non ne soffriva, la sua radicalità alle volte inutilmente "contro" lo rendevano impermeabile, distaccato, estraneo a quel travaglio. Era difficile per Raffaella capire dove fosse il giusto, il cuore la portava a vivere quanto stava accadendo come un tradimento doloroso, un lutto , un incolmabile vuoto che con il tempo temeva avrebbe fatto perdere tutta la bella diversità della gente come lei. Con Giacomo la discussione era stata in quei giorni per la prima volte aspra, quasi feroce per quanta passione avevano suscitato gli accadimenti. Era un traditore anche Giacomo che invitava a guardare avanti, a uscire dal maledetto recinto, a provare a cambiare e a dimostrare di non aver paura. Avevano rischiato di darsele di santa ragione, lei lo aveva respinto con foga quando lui con gentilezza e tenerezza la invitava a ragionare e a stare calma "ma chi crede di essere! Sempre con la verità in tasca... è insopportabile... non farò mai abiura". Non lo aveva neanche salutato uscendo dall'ufficio, ma per due giorni di seguito, pur essendo rimasta volutamente a casa, non aveva fatto altro che pensare a quella discussione, alle accuse reciproche, alle parole forti volate, aveva pensato sempre e solo a lui, chiedendosi perché quell'uomo avesse lasciato così tanto il segno su di lei. Una settimana dopo con il suo modo sincero e timido insieme aveva confessato a Giacomo cosa sentiva veramente per lui e che per stargli accanto avrebbe lasciato tutto. “C'è mia figlia " le aveva risposto lui con tenerezza, ricambiando il sentimento d'amore, che sarebbe durato altri trenta anni.

Allo stadio

"Mi sono svegliato presto presto pure oggi" aveva detto con simpatica inflessione romanesca anche quella domenica mattina Giacomo. Giocava in casa la squadra del cuore e, come succedeva da vent'anni, sarebbe andato allo stadio insieme al suo amore. L'atmosfera era sempre elettrica, i soliti rituali, la felpetta ormai consumata, la sciarpa, la divisa insomma da indossare in una bella domenica da stadio.

Anche quel giorno, dopo l'immancabile caffè al bar prima della partita "cascasse il mondo!!!!!" si erano diretti a passo svelto verso lo stadio, scattante lei, sempre giovane e divertente nonostante il passare degli anni, più lento Giacomo e, come ogni santa volta, bonariamente lamentoso per la troppa strada a piedi, a suo dire, da fare per giungere a destinazione.

Si divertivano, a Raffaella piaceva stargli accanto, anche se il suo cuore calcistico era altrove, anzi dalla parte opposta, ma in quelle occasioni no... lo amava alla follia e gioiva con lui, esultava senza finzione, con trasporto. "Sono venti anni che vieni allo stadio e ancora non sai la differenza tra il fallo laterale e il calcio d'angolo" l'aveva presa in giro ridendo anche quel pomeriggio all'ennesimo commento strampalato di lei su quanto stava accadendo in campo, anche un po' infastidito per la pioggia che aveva cominciato a scendere fitta sugli spalti. Avevano atteso anche quella volta il fischio finale e, completamente bagnati per il temporale, si erano avviati come sempre verso la macchina.

Anche quel giorno lei lo aveva messo alle strette con il solito stupido quesito: "in questo preciso istante baratteresti uno scudetto con la vittoria alle elezioni del nostro partito?" e Giacomo tentennava sornione prima di risponderle.

"Che umidità...che freddo...mi arriva fino nelle ossa!" le aveva detto all'uscita, felice per la vittoria ma rammaricato per la pioggia."

Serata alla Scala ... in televisione

SABATO 7 DICEMBRE 2019

La prima de La Scala in TV non se la sarebbe persa per nulla al mondo. Come al solito, quando si trattava di qualcosa che la emozionava in modo particolare, non si sarebbe seduta a guardare ma sarebbe rimasta in piedi, allontanandosi talvolta dal video, amplificando così tutte le sue le sensazioni attraverso la immaginazione.

Il personaggio di Tosca le era sempre piaciuto. Raffaella infatti periodicamente si recava alla chiesa di Sant'Andrea della Valle per sentire ancor più vicina quella donna e quello che ai suoi occhi rappresentava.

Era solita poi raccontare a Giacomo dopo ogni visita, i risvolti più intimi e sconosciuti di quelle sensazioni che quei viaggi nella "grande bellezza ", come lei amava dire, determinavano sul suo animo.

Ultimamente non le era stato più concesso. Il destino le aveva tolto Giacomo, il suo motore emotivo, il suo acceleratore di sensazioni d' amore, il destinatario dei suoi racconti. Lui la aiutava a guardare il mondo da un punto di vista diverso, sapeva interpretarla, sempre profondo e acuto nello scoprire cose nuove dell'animo del suo amore. Ma ora tutto questo era finito per sempre.

Lo spettacolo de La Scala anche quella sera era emozionante, particolarmente coinvolgente ed avvolgente anche per il cuore ripiegato su sé stesso di Raffaella. Pensava alla inutilità di tutte quelle emozioni che le dava lo spettacolo dell'opera, a chi le avrebbe raccontate, con chi le avrebbe condivise?

Ricordava i trenta anni trascorsi insieme a lui burrascosi, pieni di amore e di sofferenza, sempre sull'orlo del baratro, come lei amava ripetere a Giacomo. Quando tanti anni prima aveva capito che quell'uomo, così diverso da lei, così maledettamente non più

giovane, così tragicamente e tristemente piegato dal destino, che non poteva offrirle altro se non il suo amore e il suo immenso dolore per le condizioni della figlia, sarebbe stato l'amore della sua vita, il suo specchio con suoi valori antichi e sinceri, non aveva esitato a sconvolgere la sua tranquilla esistenza". Ma chi si crede di essere! Come si permette di rovinarti l'esistenza" era il commento più benevolo che gli veniva rivolto, per non parlare dell'ostracismo a cui era stato condannato da chi asseriva di voler bene a Raffaella.
Il coraggio però a lei non era mai mancato soprattutto in tema di sentimenti e aveva avuto ragione.
La tragedia di Tosca, la sua estrema scelta tragica, assurta a meraviglioso simbolo di libertà con quel suo librarsi in aria nella messa in scena de La Scala, le avevano riaperto il cuore e rese vivide le parole del suo "stregone": "hai messo il tuo amore davanti a tutto con la delicatezza di chi è capace di amare di un amore profondo che mai cercherà il dolore.
"Ricordati sempre, e non piangere, ne è valsa la pena...il meglio per te deve ancora arrivare"

Note del curatore
Barbara Franconi propone un romanzo breve, un estratto della vita dove i ricordi hanno la dolcezza del passato, il senso di assenza del presente e l'incertezza del futuro. Eppure hanno una forza molto potente: la consapevolezza questi ricorsi sono stati attimi di vita vissuta. Avere amato con la sua intensità non capita spesso: ci vuole coraggio, determinazione, spalle forti per sostenere i fatti della vita, la capacità di trovare in sé stessi forze nuove quando le altre sono tutte esaurite, perché si deve andare avanti: tutto e nonostante tutto.
Il bello della scrittura di Barbara p l'abilità di calarsi negli eventi che racconta come se li stesse vivendo in quel momento in cui tutto era vivo e pulsante. Una scrittura che nel dolore sa essere dignitosa e che, più che il conforto, chiede di essere partecipi ad una narrazione che dà la dimensione di un vero grande amore.
Adriano Albanese

PAOLA FURGHIERI

Sono giunta in questo meraviglioso mondo di artisti scrivani quasi per caso. Nonostante da giovane avessi il desiderio di scrivere romanzi, non ho mai trovato il tempo, o semplicemente l'ispirazione, raggiunta invece alla mezza età. Grazie ad un carissimo amico, nonché insegnante colto e disponibile, ho mosso i primi passi in territori a me finora sconosciuti. Scrivere, per una donna piuttosto impegnata come me, è stato illuminante.
Ho passato momenti davvero difficili nella mia vita ed aprirmi agli altri con una penna in mano mi ha portato a rivivere passioni e ricordi sopiti e mai dimenticati. Amante della musica e soprattutto del canto, praticato per qualche anno con grande soddisfazione, oggi lancio uno sguardo al futuro con la netta sensazione che molti giorni saranno pieni di sole e pochi altri in ombra.
Spero che l'essenza del mio cuore, spesso troppo sensibile, possa illuminare anche quella del lettore, provando, dopo aver letto l'ultima parola, l'emozione di aver vissuto un bellissimo sogno.

2001 – ODISSEA SULLA TERRA

Mi è sempre piaciuto il treno. Il suono sommesso, il rumore improvviso all'entrata della galleria e quel "tutù... tutù"... del passaggio sui binari ad alta velocità.

Sono quasi le otto ma c'è ancora luce sufficiente per ammirare la campagna alle porte di Roma. Siamo quasi arrivate. Mi volto... la mia mamma mi siede accanto. Si è assopita. Sento il suo respiro leggero e costante. Non so mai se dorme davvero o tiene gli occhi chiusi e vaga con la mente. So di essere sempre nei suoi pensieri e forse anche in tutti i suoi sogni. Anima forte e impavida la mia mamma. Coraggio da vendere.

Un cicalino avvisa che ci stiamo avvicinando alla stazione Termini. Guardo fuori... il crepuscolo si avvicina.

Mi stiracchio un po'... il treno sarà romantico ma decisamente poco comodo.

Sento una mano gentile sulla mia gamba.

- Come ti senti? – mi chiede con un tono un po' ansioso

- Non mi lamento. Ho dormito un po' ed ho cercato di non pensare.

Lei mi guarda in quel suo modo affettuoso e sofferto. Da quanto tempo vedo quello sguardo? Da troppo ormai. Vorrei leggere in quegli occhi serenità e speranza, vorrei che dormisse tranquilla la notte anziché pensare costantemente a me. So che per ora non è possibile.

Per ora.

-Coraggio mamma andiamo. Questa volta la macchina è parcheggiata vicino all'uscita.

- Hai chiamato l'assistenza? Ci vengono a prendere?

- No... non li ho chiamati. Era tardi. Non importa faremo due passi... piano piano.

Il treno finalmente si ferma. Le porte automatiche si aprono e scendiamo insieme ad altre decine di persone. Già perché oggi è venerdì. Molti rientrano dai viaggi di lavoro.

Qualcuno forse da viaggi della speranza... come me.

Le gambe non rispondono molto bene e a dir la verità è difficile muovere anche tutti gli altri muscoli. Il fiume umano ci trascina via. Tutti di fretta... tutti stanchi.

Arriviamo alla macchina. Ormai è buio ma c'è una leggera brezza che mi accarezza il viso. Fa ancora un po' freddo ad aprile. Sono felice di essere a casa.

Il viaggio è abbastanza breve. Qualche chilometro. Non c'è molto traffico e le luci della città c'indicano la giusta rotta, come un faro alla nave che rientra in porto.

Mi preparo per la predica. Si... la predica... lascio mamma a casa e, come sempre, comincia con la solita cantilena del "perché non dormi da mamma?" ... perché vai a casa... ed io ogni volta rispondo che va bene così. Ed ogni volta mi sento i suoi dolcissimi occhi accusatori che mi squadrano pieni di angoscia.

- Stai tranquilla. Sai che resterei qui se non mi sentissi bene.

La mia fermezza non la convince molto ma scende e dopo un ultimo saluto entra nel portone.

Vado a casa finalmente. Dopo 3 giorni a Bologna non vedo l'ora di entrare nel mio letto e dormire.

Come sempre cercare parcheggio è un incubo. Anche stasera lascio la macchina lontana. In genere non sarebbe un problema ma ora mi pesa... mi pesa tanto fare questa camminata.

Chiave nella toppa... sentore di chiuso... ma è casa e tiro un sospiro di sollievo.

Apro le finestre e mi siedo sul divano. Devo far mente locale, calmare il respiro affannoso e decidere cosa fare per primo... lavare le mani e... vomitare o cos'altro?

Meglio non pensarci tanto. Succederà comunque... ogni volta è così... più o meno.

Il telefono squilla... di già?

- Hai qualcosa da mangiare? Il latte per domani mattina?

- Il latte ce l'ho. Mangiare non se ne parla. Tranquilla mamma sto bene. Ora vado a letto e domani andrà meglio.

- Chiama se hai bisogno di qualcosa.

- Certo non preoccuparti. Buonanotte.

Abbasso la cornetta. Aleggia nell'aria la sua preoccupazione, la sua angoscia. Quello che ho dentro io invece non lo vede nessuno. Neanche lei... neanche la mia dolcissima mamma può capire.

Una doccia ristoratrice. Ecco quella sì che mi serve.

Controllo lo scaldabagno. Uffa... ma perché non mi faccio la caldaia. L'ho spento. E l'acqua? Sarà un po' calda? Ma si... ne resta sempre a sufficienza.

Preparo il cerotto... o meglio il cerottone. È talmente grande che mi copre mezzo busto. Arrotolo il cvc (un bel tubo infilato nel petto) e lo posiziono sotto. Ecco fatto... tutto impermeabile. Sembro un po' la donna bionica.

Il profumo del bagnoschiuma è meraviglioso. Peccato quella nota acre... quel sentore... quel "non so che" tipico della chemio. Lo sento sulla pelle, nella gola, nelle narici... o forse è solo la mia immaginazione. Forse dopo i giorni di ricovero quell'odore non riesco a toglierlo neanche dalla memoria.

Stasera non mi sento poi così male. Addirittura ridacchio tra me e me pensando, in un momento di follia, che sono così in linea proprio grazie alla chemio. Altro che trattamenti dimagranti. In effetti, benché non l'abbia mai provata, forse è come farsi ogni volta una bella dose. Si... come si dice a Roma... che mi sono fumata?

L'acqua non è caldissima. Devo sbrigarmi. Cinque minuti di piacere immenso. Dopotutto non devo neanche asciugarmi i capelli... è tutto così semplice... non li ho!

Finisco di sistemarmi. Osservo il letto. Non ho ancora molta voglia di andarci. Il mio intimo incontro con Morfeo può aspettare.

Esco sul balcone. Dal settimo piano della mia casa ho una bella vista... spazia in ogni direzione. Mi è sempre piaciuto stare in alto. E pensare che soffrivo di vertigini. In realtà ne soffro ancora ma con gli anni non fa più così paura. L'aria è ancora fresca ma la primavera è meravigliosa ed io l'adoro. Chiudo gli occhi e assaporo... no... cambio parola, per ora quella non la riconosco, sento... i suoni, i chiacchiericci, la vita che aleggia nell'aria. Anche a quell'ora c'è sempre gente in strada. La mia zona è piena di bar e bistrot ed i ragazzi escono a divertirsi.

Sono felice per loro.

Penso a quel meraviglioso bambino che ho incontrato in questi giorni. Al Rizzoli di Bologna, nel reparto di oncologia ci sono 12 posti letto. Ogni ventuno giorni s'incontrano compagni di viaggio di ogni età, ma soprattutto giovani... molto giovani... spesso ragazzi o bambini. Ma siamo così pochi a fare le cure che capita di incrociarci più volte e si fa amicizia... del tipo... quante te ne mancano?

Ed ogni volta che andiamo via... beh... meno quattro, meno tre, meno......

Francesco (il bambino) ha sette anni. Gli hanno amputato la gamba destra. Sarcoma di Ewing... come il mio...anzi no... il mio è extra-scheletrico... un tumore delle ossa che nasce nei muscoli. Mi hanno portato via mezza schiena, però ho le gambe perfette... Francesco non è stato così fortunato.

Incredibile la creatività di certe malattie. Incredibile che nei 60 casi all'anno, perlomeno nel 2001, ci sia anche io. Si... Dio è davvero un artista.

Meno una. Si una. Solo una.

Penso al lungo e travagliato viaggio che ho affrontato e penso che tra 21 giorni avrò raggiunto la meta.

Quest'aria così frizzante... così rigenerante... mi ricorda che ci sono ancora, qui sul pianeta Terra, che ancora posso respirare, mangiare (insomma...non ricordo che sapore ha il pane ma va bene lo stesso) e vivere il tempo che mi rimane... e spero che sia ancora lungo....

Ogni giorno, quando mi sveglio, mi chiedo cosa farò tra un mese, quando sarà tutto finito. Non avrò più tutti questi impegni. Niente più analisi ogni due giorni, niente più medicazioni e trasfusioni, niente più ricoveri. Niente più sofferenze, notti insonni e nausee. Niente... niente di niente. Tornerò alla solita vita? Casa, lavoro, amicizie. Davvero sarà così?

Beh il lavoro si... ma chi lo ha mai lasciato? Ho sempre lavorato, anche quando avrei voluto fermarmi, dormire, non sentire nessuno. Ma l'impegno mi ha aiutato e anch'io ho aiutato loro. Una piccola azienda familiare...quanto gli sarebbe costato sostituirmi in questo periodo. E poi...come fare altrimenti? Mi manca qualche milione di anni alla pensione. Sempre che ci arrivi... altrimenti sarà stata solo beneficenza all'Inps.

Le amicizie... beh... non sono un problema. Magari ne farò di nuove.

Attendo con serenità l'ora zero. Quella dell'ultimo suono della pompa... la sacca è finita... non ce ne saranno più.

A questo penso rivolgendomi a Dio o a chiunque mi abbia protetto finora. Ho imparato molto... ora ti prego... rivolgi il tuo senso artistico altrove. O, perlomeno, se proprio vuoi farmi un regalo, dipingimi bellissima e sorridente in un abito di chiffon rosa su una carrozza di zucca verso un castello incantato. Fai che mi attenda un principe azzurro e che io possa essere felice (sta bene il rosa con l'azzurro?).

Ho un'infinità di buoni propositi sai? Dopo questa esperienza, così dura e apparentemente infinita, farò ciò che desidero, vivrò la vita che ho sempre agognato.

Farò... dirò... studierò... viaggerò... amerò.

Silenzio. Il mio io interiore non risponde. Credo di non averlo convinto. Ma lui sa che sono in buona fede. Si dice che tutto accada per un motivo... in questo caso, nonostante le mie doti di problem solving, non mi è dato sapere. Forse semplicemente doveva andare così.

Comincio ad aver freddo. Forse è il momento di riposare e dare un po' di pace a questo corpo martoriato e stanco. È ora di dormire.

O dolce e forte Morfeo... abbracciami ... e portami con te. Buonanotte.

2017 – Déjà-vu

Meravigliose le Dolomiti. Adoro fare trekking. Sentieri nei boschi, cordate e mangiate in baita. Ossigeno, aria frizzante, bacchette e zaino in spalla.

Si... ma devo cambiarlo questo zaino. Ormai ha parecchi anni e le bretelle mi danno fastidio. La spalla mi fa male (a dire il vero non ha mai smesso di farlo da allora). Devo stare attenta.

Rientriamo dopo un bel percorso in montagna. È ancora presto. Un tuffo in piscina ci farà bene. Io e Giuseppe (ricordate il castello incantato? Beh il principe l'ho trovato ma era blu non azzurro... ma dopotutto Dio mi aveva dipinto l'abito di rosso... ci può stare!) infiliamo l'accappatoio fornito dall'albergo e andiamo a nuotare. Sciogliere i muscoli intorpiditi è magnifico.

- Pino mi aiuti ad infilare il costume?

- Perché non metti il bikini?

- Sto più comoda con quello intero. E poi mi sfina!

- Va bene...

Lui... Pino... è un uomo gentile. Su richiesta (e solo su richiesta) mi aiuta in ogni cosa, benché effettivamente io non chieda molto.

- Aspetta che tiro su le bretelle.

- Sì, va bene

- Senti... ma dietro la spalla c'è un bozzetto. Non te ne sei mai accorta?

- Un bozzetto? Ah... ecco cos'era che mi dava fastidio con lo zaino.

- Quando torniamo devi farti vedere.

- Ma certo non sarà niente!

E così dissi le ultime parole famose.

Strana la vita. Dopo tanti anni credi di aver superato tutto, anche la malattia. Pensi che alcune analisi un po' sballate siano colpa dell'età anche se in cuor tuo sai che sono le conseguenze di "cure ancestrali finite nel dimenticatoio". Ma mai vorresti sentirti dire da un simpaticissimo patologo la frase: "ma le abbiamo dato altri 16 anni di vita".

E quindi? Con i nuovi ritrovati non me ne potete dare altri quaranta? Silenzio!! Quali altri ritrovati... sono sempre quelli! Nulla è cambiato da allora.

Va beh.... magari la spunto anche questa volta!

Sento un brivido lungo la schiena. Non sono più così sicura... stavolta ho qualche dubbio. Strano questo sapore in bocca... è amaro. Ho bisogno di qualcosa di buono.

Qualcosa di inevitabile c'è. Nonostante tutto non sarà difficile ricominciare... riprendere la vecchia via, ancor più lunga e faticosa. No... l'angoscia sarà dirlo a Lei. Come affrontare quegli occhi dolcissimi, quel viso buono e affettuoso che ne ha viste tante. Come darle un'altra pena... un dolore così grande?

Questo sarà il mio vero colpo al cuore. Eppure... anima forte e impavida la mia mamma. Coraggio da vendere.

E così... per volontà o destino mi ritrovo su quel treno... di nuovo. E di nuovo la mia compagna di avventure è con me, benché stavolta si dia il cambio con il principe.

E di nuovo incontro anime meravigliose, piene di vita e di amore, che insieme a me lottano per un futuro incerto ma speranzoso, lottano per sé stessi e i loro cari.

Qualcosa è cambiato... Sento sulla pelle i loro pensieri... tristi e velati di terrore. Si perché nella loro immensa speranza di guarire io sono di troppo... io ho il "secondo" e loro devono ancora fare i conti con la creatività del primo.

Penso a quando, in un giorno di primavera di tanti anni fa, vidi un uccellino alla finestra della stanza d'ospedale. Lui con il becco all'insù mi parlava... mi sussurrava mille carezze da lontano. Lui sapeva, si... sapeva cosa sentivo ed era lì per consolarmi. Era lì per dirmi che ce l'avrei fatta.

L'ho rincontrato... o forse è suo figlio... mi ha rivolto lo stesso sguardo di allora. Ancora una volta mi ha detto che ce la farò. Che l'angelo custode è con me.

Ma questi uccellini si tramandano le esperienze degli antenati?

Voglio credergli... La mia anima ne ha bisogno.

Mio caro Dio... sono ancora convinta che tu sia un artista. Crei per noi poveri umani, scenari da fantascienza che neanche Hollywood riuscirà mai ad eguagliare. Ma ti prego o Signore... dona a noi il lieto fine.

Grazie per il quadro fatato (speravo che fosse l'unico) che anni fa mi hai donato. Vedo che ne hai dipinto un altro per me. Sapevi che sotto sotto lo desideravo. Un regalo per celebrare la fine di questo ultimo viaggio. Stavolta il vestito è rosa (più adatto alla mia età vero?) I capelli lunghi accarezzati dal vento... Una scogliera al sorgere del sole. Il mio sguardo rivolto all'infinito mentre la luce inonda il cielo e il mare... e il mio cuore che grida alla vita ... ancora una volta...

Ora ti prego... cambia hobby... ho finito le pareti.

IL SUONO DELLA VITA

Un'ultima dolcissima nota risuona nell'aria. Chiudo gli occhi, stanca, sofferente, e con un fil di voce mi lascio andare... morente.

Il silenzio aleggia nell'aria. Nessun suono, l'orchestra ferma, immobile. Il nulla.

E poi... l'esplosione.

Il pubblico in piedi, gli applausi scroscianti mi avvolgono ed io non riesco a muovermi. Sembra tutto così irreale e impossibile. Stanno applaudendo me. Continuano ed io vorrei piangere, piangere di felicità, come non ho mai fatto in tutta la mia vita. La scena non è ancora finita. Il protocollo m'impone di ascoltare ma di non fare nulla. Quando gli applausi finiranno i cantanti concluderanno l'ultimo atto. L'ultimo di una bellissima opera di Puccini, la Boheme. Allora e solo allora potrò ringraziare, allora e solo allora potrò piangere.

La mia mente torna ad un anno prima. Sembra così lontano quel giorno del mese di dicembre. Un giorno come gli altri nella routine del lavoro e della vita. Il giorno della mia rinascita. Ricordo tutto di quel giorno, nitido come fosse oggi.

È un periodo di lavoro intenso. Mi sveglio. Dalla finestra filtra una luce appena accennata. È ancora presto. Mi accoccolo ancora un po' sotto il piumone. Ormai l'inverno è arrivato benché la temperatura non è così fredda. I pensieri cominciano a girare... la mente elabora gli impegni della giornata. Vorrei stare al caldo ancora un po', lasciarmi cullare dal silenzio e magari riaddormentarmi. Sospiro, un'altra giornata di lavoro. Guardo il timido sole che illumina le tende. Sarà una splendida giornata.

Mi preparo ad uscire. C'è sempre traffico alle otto di mattina. La gente è sempre così affannata. Le mamme portano di corsa i bambini a scuola, di corsa andiamo al lavoro, di corsa... sempre di corsa. Ed anch'io viaggio in questa città che a dir caotica è un eufemismo. Finalmente arrivo in ufficio. Il mio staff attende le disposizioni per pagare le scadenze e, cosa più importante, gli stipendi. Ma è tutto pronto. È già tutto pronto da giorni. Sorrido fra me e me. Sono sempre così organizzata, cerco di dare il meglio. Non è questo che ci ripetono come un disco ogni giorno? Devi essere al top, devi fare carriera altrimenti non sei nessuno, devi dare il massimo. Io cerco di andare d'accordo con tutti e di essere gentile. Non nego che a volte ucciderei la signora del secondo piano alla contabilità, così scostante e cattiva, ma è brava e ne ho bisogno. Le persone competenti e scrupolose nel lavoro sono sempre meno. Chissà le maledizioni che mi manda ogni mattina ma va bene lo stesso. Avrà anche lei dei problemi.

Riunioni, pausa caffè e di nuovo riunioni. Passo davanti la reception. La centralinista mi fa un debole sorriso. È piuttosto timida. Una persona indecifrabile ma molto paziente ed educata. Mi piace. In realtà non l'ha scelta nessuno. Non ha fatto alcun colloquio con me. L'ha mandata l'ufficio del lavoro. Le persone invalide hanno la precedenza. Per fortuna un buon acquisto.

Finalmente ho finito. Saluto tutti e mi avvio alla macchina. Mi avvolgo nella sciarpa calda e morbida. Fa davvero freddo e ormai è buio. Decido di farmi una passeggiata in una zona commerciale. Mi piace passeggiare e guardare i negozi da sola. Resto tra me e me e difficilmente sbaglio gli acquisti. La strada è grande e le vetrine sono tutte illuminate. I commercianti cominciano a montare le decorazioni di Natale. Siamo vicini, si sente l'atmosfera nell'aria. Mi sono sempre chiesta come fanno i negozi di abbigliamento attaccati uno all'altro a sopravvivere. Hanno spesso abiti e maglieria simili. Stessa fattura, stessi colori, stessi prezzi. Già, la globalizzazione così si chiama no? Tutti uguali, tutti uniformati. Sospiro. Già, questa è la vita. Osservo distrattamente le vetrine e continuo a camminare. Ogni tanto c'è un garage, un supermercato e... e qualcosa di diverso. Sento arrivare fin sulla strada una bella musica. Alzo la testa. È una scuola. Sorrido. Adoro le scuole di musica. Alcuni anni prima cantavo per hobby. La passione non si è mai spenta, solo affievolita. Ma la vita, quella monotona, ha sostituito ogni desiderio. Mamma mia che depressione stasera. Non è da me pensare negativo. Leggo le scritte sulla vetrina... Insegnano davvero tante cose. Penso a quanto liberi la mente suonare uno strumento. Si entra in un'altra realtà, in un'altra dimensione. Mi scopro a canticchiare a bocca chiusa. L'amore per qualcosa o qualcuno torna sempre a galla. Resto ancora un attimo ad ascoltare il suono di una batteria. Chissà se quel ragazzo si esercita anche a casa. Poveri genitori, poveri vicini di casa. Sorrido ancora. Devo andare, i negozi cominciano a chiudere. Mi volto per tornare verso la macchina e incontro lo sguardo di un ragazzo che sta uscendo dalla scuola. Mi sorride.

- Salve. La stavo ascoltando.

- Me? Non mi ero accorta di lei.

- Si ero seduto dentro in attesa di far lezione.

- Che bravo. Cosa suona?

- Suono il pianoforte da tanti anni e mi sto specializzando in tastiere elettroniche.

- Adoro il pianoforte, purtroppo non l'ho mai studiato. Ci vuole tanto impegno ed esercizio. Forse iniziando da piccoli è più facile.

- Si certo. Io ho cominciato a quattro anni. Mia madre era una musicista e mi ha insegnato fin da piccolo. Ora ne ho 35 e non ho mai smesso.

- Ha fatto bene. Continui a suonare e non rinunci mai.

- E lei? Ho sentito che intonava un'aria d'opera. Ho una formazione classica e l'ho riconosciuta subito.

Sorrido un po' imbarazzata. Non pensavo di aver gorgheggiato così forte da farmi sentire.

- Ho cantato per hobby per parecchi anni. Soprano lirico spinto. Colore ed estensione. Mi piaceva tanto. Poi la vita, il lavoro, gli impegni mi hanno allontanato.

- Perché non riprende?

- Riprendere? No. Ogni volta che ci penso mi torna il desiderio... ma non ce la faccio. Troppo lavoro. E il corpo ha bisogno di allenamento, la gola di rilassamento e soprattutto la testa deve essere collegata alla musica.

- Che peccato. Perché non prova? Mi scusi se insisto, so che non dovrei permettermi, io non la conosco. Ma lei ha una così bella voce.

- Grazie troppo buono.

- Io sono Alessandro. Le propongo una cosa. Perché non fa una prova con me. Non le costa nulla, solo un po' del suo tempo. E a me farebbe piacere. È tanto che non suono qualcosa di classico e accompagnare una cantante potrebbe essere interessante. Entri con me e canti qualcosa.

- Non si preoccupi. Lei deve fare lezione. Non dovrebbe perdere tempo con me.

- Si figuri. Vengo qui ogni settimana e certo il mio insegnante non avrà nulla da ridire.

Osservo questo ragazzo, giovane ed entusiasta. Non so se mi gira la testa o semplicemente non voglio sentire quel che dice. È stato un trauma per me lasciare il canto. Un trauma mai risolto. Ma ormai è lontano... perché rinvangare il passato. Meglio di no.

- La ringrazio. Ma non canto da tanti anni. Quasi quasi non so più come si fa.

- Non importa. Venga. Divertiamoci insieme.

Strano come la gente ci percepisce. Hanno fatto studi seri su questo. Tutti noi ci vediamo in un certo modo, conosciamo i nostri difetti. Tutti noi siamo sicuri che gli altri ci vedono così. Ma la realtà è diversa. Ognuno ha una sua opinione di noi, anche a prima vista. E spesso non è la nostra. Cosa vede lui in me che io non vedo? Ma che c'entro io con questa scuola? Ma che ci sto a fare qui. Alzo gli occhi. Adesso vado via...Ma... lui mi sorride ed io... io non so resistere.

Entriamo in una stanza attrezzata. Pianoforte, microfoni, leggii. Che bello. Ha tutta l'aria di una scuola seria.

- Allora cosa le piace? Vuole fare due vocalizzi?

I vocalizzi... oddio... chi se li ricorda. Riuscirò a mettere quattro note una dietro l'altra? Ma chi me l'ha fatto fare. Ma dove voglio andare?

- Beh... non so. È passato così tanto tempo.

Lui percepisce il mio imbarazzo. Mi guarda... sorride. E allora si alza e prende uno spartito del Vaccaj. Ah... il Vaccaj... l'ideale per imparare a cantare. Tutte arie molto semplici.

- Proviamo questa? Magari la ricorda. Semplicetta Tortorella...

- Ah ah ah ah ah... rido di gusto. Sì... proviamo... mi piaceva tanto.

I salti di terza... che lontani ricordi.

Comincia a suonare. Le mani sui tasti intonano quella semplice melodia. E ... si apre il mondo. Comincio a cantare un po' stentata. Riprendiamo, lasciamo, riprendiamo. Alla fine la voce si scioglie... ed anche il mio umore. Quanto tempo. Quanti ricordi.

Silenzio. Sento i suoi occhi su di me. Io ho lo sguardo lontano, perduta nei miei pensieri. Ritorno con i piedi per terra. Gli sorrido. Non dice nulla. Mi guarda e basta. Sono andata tanto male?

- Vorrei passare ad un'aria. Cantava Puccini?

Puccini... il mio idolo.

- Si certo.

-Facciamo Madama Butterfly? Al conservatorio adoravo quest'opera. Quando le studentesse dovevano dare qualche esame mi offrivo sempre come accompagnatore. Che ne pensa?

- Tanto per divertirci? Ma sì... tanto.

Prende un altro spartito per pianoforte. Gira le pagine fino ad arrivare all'aria "Un bel di vedremo"

Mi dà il tempo. Non sono mai stata molto brava nel solfeggio. Il mio carattere un po' ribelle mi ha sempre portato a cantare come la mia emotività voleva.

- Vuole lo spartito? Ne ho un altro. Sa la scuola fa anche corsi di canto lirico ed abbiamo parecchie copie a disposizione.

- Va bene così magari mi ricordo meglio.

Ma si, dopotutto è bello rivedere tutte quelle note scritte con le parole che seguono l'andamento della musica. In realtà non ne ho bisogno... in realtà vorrei solo fuggire.

Silenzio. E in un attimo quelle semplici note diventano una meravigliosa armonia di suoni. Mi dà il segnale dell'attacco. Ed io... finalmente... canto.

Non so dire in quale universo sia giunta. So solo che è lontano da tutto e da tutti. È in un'altra dimensione. Vorrei solo restare lì, osservare le galassie e i mille mondi diversi dove vivere un'altra vita. Fino alla fine dell'ultimo alito di voce.

Non ricordavo quanto fosse bello quell'unico meraviglioso istante tra l'ultima nota e l'ultimo sospiro. Ma adesso lo ricordo nitidamente.

Riapro gli occhi. Sono tornata in questo mondo. La stanza è di nuovo intorno a me.

Sorrido. Mi tremano ancora le mani. Forse ho sforzato troppo. Non sono allenata, la voce non perdona.

- Quindi lei non canta da anni. È sicura?

Mi volto. Il suo sguardo è indecifrabile.

- Si è vero. Perché?

- Sicuramente ha bisogno di riprendere e allenare il fiato ma le voglio dire una cosa. Credo che lei non si renda conto che strumento le ha dato Dio.

- Grazie è gentile. E la voglio ringraziare per avermi riportato con la mente e con il cuore agli anni in cui cantavo bene. Grazie ancora. Ora la devo lasciare. È stato bellissimo.

Prendo la mia sciarpa e mi avvolgo tutta. Ora la voce è calda e potrei prendere un raffreddore uscendo.

- Dove va? Non posso lasciarla andare.

Rido di cuore.

- Che fa... vuole rapirmi?

- Perché non viene qui a scuola. Abbiamo una bravissima insegnante che è stata in carriera per tanti anni. Potrebbe aiutarla a sviluppare la sua dote. La prego. Sarebbe bellissimo accompagnarla un giorno.

- Senta... come si chiama? Alessandro... Io sono impegnata nel lavoro. Anzi a dire il vero lavoro troppo. E non sono più una ragazzina.

- Lei ha una voce meravigliosa. Mi ascolti. Con lo studio potrebbe davvero cantare in teatro. La prego.

- Forse in passato, se avessi continuato. Ormai è tardi.

Prendo le mie cose e ringrazio ancora. Lascio il ragazzo in silenzio. Sto scappando, lo so. Ma la testa mi scoppia e ho il cuore in gola. Io tornare a cantare. No. Non è più possibile.

Ricordo ancora le notti insonni. Mi suona ancora nella mente quel canto di altri tempi, quell'aria d'opera così appassionata. Passano i giorni e la musica mi avvolge... o meglio mi perseguita. Finché un giorno mi decido e torno alla scuola.

- Buonasera. Volevo parlare con Alessandro se c'è. So che suona le tastiere.

Una bella signora alla reception mi sorride.

- Mi spiace. Oggi non è qui. Chi devo dire. Se vuole può lasciargli un messaggio.

- Non importa. Sarà per un'altra volta.
Mi giro per andarmene ma la signora mi ferma.
- Mi scusi ma lei non è la ragazza che cantava con Alessandro qualche giorno fa?
Ragazza... magari... è passato un bel po' di tempo da quando ero una ragazza.
- Beh...non so... ho fatto una prova con lui... così. Per divertimento.
- Mi ricordo di lei. Anche se l'ho vista solo un minuto ricordo la voce che si sentiva dalla sala. È molto brava.
- La ringrazio ma è stata solo una prova dopo tanto tanto tempo.
- Aspetti. Questo è il numero della scuola e questo il cellulare di Alessandro. Lo chiami. Potrebbe sempre venire qui ogni tanto e magari fare musica d'insieme. Ci sono parecchie persone appassionate che lo fanno.
- Grazie ci penserò. Arrivederci.
Mi avvio alla porta. Quel pezzo di carta con i numeri scotta. Lo metto nella borsa. Sta bene lì.
Passano i giorni... la solita routine. Casa, lavoro, qualche uscita in amicizia e si ricomincia.
Di nuovo una mattina tiro fuori le chiavi della macchina. Un gesto meccanico. Qualcosa mi finisce tra le dita. Il biglietto della scuola. Lo guardo, lo scruto, quasi fosse una cosa preziosa o qualcosa di spaventoso. Me ne ero dimenticata.
Vado in ufficio. La signora della contabilità mi lancia un sorriso. So che il figlio ha trovato lavoro. Forse adesso sarà più malleabile. Speriamo.
Dicembre è un mese di preparazione, di progetti per il bilancio, un mese anche festoso. La giornata passa tranquilla. Vado a prendermi un caffè. Tiro fuori il portafoglio e... lui è ancora lì... quel malefico biglietto mi torna sempre in mano. Sarà un segno? Ho sempre un po' creduto alle cose mistiche, alle coincidenze.
Va bene. Alla fine mi decido. Prendo il telefono.
- Ciao Alessandro sono Paola... ti ricordi di me?
- Paola. Sono felice che tu abbia chiamato. Sapevo che eri passata.

- Sì. Ho pensato... sai... magari ogni tanto... oppure una volta a settimana... potrei cantare un po'... studiare con qualcuno... per divertimento.
- Paola... ti aspetto... ti aspettiamo tutti.
Tutti? Tutti chi... mah... perché no. Dopotutto è bello immergersi nella musica e condividere con gli altri una passione. Penso che m'iscriverò anche solo per passare il tempo.
Questo mi sono detta in quei giorni di dicembre. Ma mai avrei pensato di trasferirmi in quel meraviglioso universo parallelo che avevo visitato per caso. Mai avrei creduto di donare alle stelle la mia voce e la mia anima.
Mai avrei creduto di poter tornare a vivere.

Nota del curatore

La scrittura di Paola Furghieri è incantevole, come sentirla cantare con la sua potente voce da soprano. Nelle parole scritte c'è il sorriso, quasi a voler dire al destino: questo non me lo toglierai mai. Questo sorriso si contrappone al tentativo della vita di metterla in ginocchio. La resilienza, il desiderio di mettere in ogni giornata qualcosa di bello per tutti, i tanti interessi, la curiosità, l'ironia, la profonda comprensione risaltano nei suoi scritti in maniera energica e carezzevole. Un carisma che ha il profumo della sincerità e gli occhi belli di una donna che ha tanta voglia di stupirsi.

Adriano Albanese

ROSSANA LUCCHESE

Perché scrivo? Non me lo sono mai domandata.
Scrivo perché mi scappa come la pipì,
scrivo per fermare lo sguardo o uno sguardo.
Scrivo perché lo sguardo non basta ad andare oltre la realtà,
scrivo perché la realtà va fermata e scrivo perché la realtà non esiste.
Scrivo perché il pensiero non vuole fermarsi ed io lo voglio frenare.
Scrivo perché oltre al pensiero c'è un mondo di sensazioni che è bello condividere.

ROSSANA

Rossana allegra voglia, una parola sola per spiegare, spiegarti o spiegarmi perché ho caldo dentro perché mi brillano le stelle intorno in pieno giorno, ho un'aureola di arcobaleno, mi sento bella:
una fata in seta azzurra e anche nel buio più profondo le sciocchezze sono il mio pane di libertà.

ZIE

Tele di ginestre tessono le mie zie
fili flessibili
dura resistenza
colore della perseveranza
solitudini unite
da sotterranee solide radici
Visi di ginestra
hanno le mie zie
dolci ricami di forza
le rughe
Vere donne del sud
le mie zie
La vita esce dai loro sospiri
come soffioni di energia

OTTO MARZO (A MIA MADRE)

Forse non dovrei
fra la pietà e il rimpianto
pensare ad un tempo
che fermi i suoi passi malfermi
che vanno da un fornello al letto
assurdo tragitto lungo una vita
salmodiante fra fede e bisogni
Forse non dovrei
non guardarla negli occhi
non considerarli più
come spenti dal dolore
dalla sofferenza
non guardarla là dove

le mani non sono che volontà
Oltre
Forse non dovrei
fermare lo sguardo, duro,
su questa presenza
troppo presente
su questa forza
che è, al di là di me
Forse non dovrei
considerarla, ostile,
donna forza
donna coraggio, presenza intendi?
della mia debolezza.

SOLITUDINE

Solitudine verniciata di fresco
cancellata verde arido
vecchio giardino
cancellata grigia
buio negozio
dove vendo i miei stracci
cancellata di sorrisi
vernice è il rossetto
rosso sorriso
rossa vernice
sorrido
ed è
IL NIENTE

SCATOLE CINESI

Scatole cinesi
intorno, dentro
ancora
sbarre di pensieri
realtà
rapirsi da sole
in ostaggio
di sé stesse
Creare un senso, dare ricerca
incastri di memoria
svanire, oltre?
pulviscolo
dita tremanti
per prendersi
da dove
Entra, cerca, spezza,
intarsi di madreperla
Scatole cinesi
per gabbia
ho scelto
la difesa

REALTÀ

E adesso la realta'
mi cammina accanto
spalla a spalla
come nel vecchio gioco che facevo con mia figlia
gamba sinistra unita
passo avanti insieme
finalmente insieme e solo per poco
(il tempo limpido della sua infanzia)
sorelle siamesi.
Gamba destra, passo avanti, e così finché un ostacolo
non ci fermerà ma non ci fermerà la risata e la voglia di vivere.
Ora, la realtà invece, a differenza di mia figlia, non mi abbandona
vuole crescere insieme a me.
Spalla a spalla
ed io non la voglio
invade la mia pelle
mi impone il passo
mi toglie la libertà e la risata.
mi fa aspettare l'ostacolo, ora,
alibi per cadere, staccarmi, scappare.
La realtà è come mia sorella,
cruda ed incupita
vuole costringermi
ad adeguarmi ad un passo che non è il mio, ad uno sguardo che non
è e non sarà il mio.
Ed io la taglia con colpo secco di coltello.
date quel coltello ad un assassino
perché mi liberi
in un tocco di morte.

TOCCARE

Toccare il tuo corpo sta diventando
toccare me
ci gioco
e lui mi sente e viene
è così
lontano dal tuo mondo razionale
è così
caldo ed animale
Ci affacciamo io e il tuo corpo
a guardarti
al davanzale
della spontaneità.

LA DONNA CON LE CICATRICI

Amava il suo seno era stato il primo strumento di riconoscimento di sé, del suo essere donna. Non lo scoprì quando pian piano le crebbe, lo viveva come le mestruazioni una cosa fuori di se di cui nessuno le aveva detto nulla e non avendolo visto nelle altre non lo vedeva. Poi, già sposa, su una spiaggia straniera i corpi nudi degli altri divennero la scoperta del suo. E il seno si ergeva , lo voglio dire, svettava nella sua vita e in quella degli altri. Capiva, finalmente, quella frase che cantava Guccini " con le tette al vento"
E con le tette al vento cominciò girare.....E a far girare le teste dei maschi Con le tette al vento rispondeva ai complimenti dei maschi "Grazie pisello d'oro" e si divertiva a vederli arrossire.....questa volta toccava a loro.

Con le tette al vento o per meglio dire
Di petto prese la vita....
Il lavoro, il rapporto con il potere
Di petto affrontò gli attacchi

Da allora il santo preferito? San Sebastiano... naturalmente un po' anche femmina per quel suo posare gentile ed i riccioli sul capo. Un po' santa, insomma, un po' madonna ma non certo donna. Una donna ci si diventa... (la frase viene da un portachiavi in vendita dalla Feltrinelli) Quando ti mettono in vendita hai fatto la fine degli hippy... banalità è moda.
Femmina, donna, femminista ed ora che le tue tette non si ergono più... ora che il politicamente corretto, la sorellanza, la comunanza Sono diventate co-housing, ti guardi intorno e vorresti finalmente diventare banale e urlare: "Perché quella ha un uomo è io no?"

E NON ERA UN MASCHIO

Era nata,
era la seconda.
Erano gli anni cinquanta
Erano gli anni delle donne con la vita stretta
ed i seni dirompenti sui fianchi dolci avvolti da gambe danzanti.
Era la zia, la sorella della madre
la più bella, che andava a comprare il latte fra gli sguardi sornioni e timidi dei vicini.
Era la seconda, come la zia, era la seconda
E NON ERA UN MASCHIO.
Le raccontarono poi, con leggerezza come se nulla fosse, che fra l'ira e lo sdegno,
il padre uscì di casa scortato da madre, fratello e sorella
neri in volto e nell'anima
non volevano una femmina.
Era una femmina, bianca e rosa
e aveva capito
mangiava, dormiva e non disturbava.
Era la seconda
più bella, dicevano, della prima.
La prima, nera e nervosa, era però

una che ballava e cantava e faceva ridere.
Ognuno in quella casa compensava come poteva.
La seconda compensava con il silenzio
l'invidia della prima ed il non essere maschio.
Era un'infanzia strana rinchiusa fra stoffe e tessuti da femmina.
A lei era toccata la parte della bambola
e così fra merletti e scarpe di vernice
finsero di non vedere che era cresciuta.
La prima era la prima
era originale nel passo e nel pensiero che non volgeva mai indietro
era sola, l'unica, non voleva né seguaci né copie.
Era solo l'intelligenza che poteva salvare le
due femmine
erano femmine e la madre ne segnò il destino.
La prima nei binari fra marito e figli e richiesta di consigli
la seconda leggeva _leggeva, quindi, in quella famiglia, non poteva che essere l'intellettuale
"*l'omo i pinna*" come si diceva da quelle parti.
La penna ed il pensiero in un quaderno banale con frasi copiate e foto ritagliate dai giornali femminili.
Era il suo diario, ma la madre stigmatizzò: roba da donne leggere e così la seconda
divenne la seconda davvero, confusa, incerta fra letture e fare da saggia e la leggerezza delle canzonette.
Divenne donna così, scoprì l'amore così
era serio il primo
le teneva stretta la mente con etiche parole e lei volle donargli ciò che aveva imparato dal secondo, ridere nel fare l'amore sentendo canzonette.
Era ancora una che capiva, così per caso, come respirava.
Capiva gli sguardi e rispondeva con sorrisi malcerti fra dolcezza e colpa. Capiva e finalmente fu la prima ad uccidersi.

ROMA

Roma riempie la bocca
la sola parola
Roma

piena come un pasticcino troppo imbottito
Roma cruda e dolce
Troppe descrizioni, troppe critiche
troppa
tanta come si diceva delle donne alte e grasse: è tanta
Ma, la mia Roma è fatta di angoli di sole e di verde
la voglio tutta per me perché sono i miei coriandoli di vita.

VIA CASILINA

Una cinese
con le scarpe gialle
attraversa portando uno specchio.
Una coppia,
lui con una tuta rossa e blu
attraversano mano nella mano
il cappellaio matto
lancia palline al cielo
per raccogliere briciole di pietà
ed io
che mi credevo una vergine alata
mi guardo
e vorrei sorvolare la vita da loro investita.
Fermatela... **fermatela**!
Quella testa roboante che gira, rimbalza, mi avvolge
giravolta di giostra ormai vuota
impazza di colori il buio
fermatela non vedete
non capite
vuol fermare il mondo fingendo di portare luce

ADDIO

Era un sogno trasparente
al sole lo vedevi brillare
e al buio si quietava.
Era un sogno azzurro di mare

di brezza che spazza i pensieri
non sarà l'abitudine a farlo fermare.
I sogni di fragilità diventano
forti pietre di rimpianto.
Non so
non so niente di te
e non è che mettendo
la tua carne dentro la mia
tu mi abbia detto qualcosa
Mi hai lasciato in sospeso
come un ricovero senza dimissioni
ed è da allora
che io cerco la mia cartella clinica
in modo sconsiderevole.

Note del curatore

Rossana Lucchese esprime il suo mondo interiore di getto, senza meditare costruzioni e artifici. Le sue emozioni sono calde e imperfette. Cosi come le passano per la mente veloci come pensieri, le parole sono fili di mille colori che tessono le sue poesie di autenticità.

L'imperfezione è il suo pregio, il suo dogma filosofico. Ed è la ricerca della perfezione che la porta a nuove forme di conoscenza, di arti, di culture differenti. E quello che veramente le sta a cuore è il cammino verso la vetta, non il raggiungimento di essa.

Adriano Albanese

ANTONIETTA PEZONE

La mia passione per la scrittura ha inizio a cinque anni. La mia mamma, che è stata anche la mia maestra in prima elementare, era fortemente innamorata del Latino, mi insegnò a scoprire il significato etimologico delle parole e a farmi ricercare i sinonimi e i contrari. Per me era come un gioco ed imparavo in fretta. Attraverso la lettura ho imparato che ogni parola, oltre al suo significato, suona come una nota musicale, che, unita alle altre parole, crea un'armonia. Non so se sono all'altezza, ma quando scrivo o leggo, ho momenti di profonda commozione.

FELICETTO

Si va giù per una stradina e le case di qua e di là. Non è una strada, ma neanche un viottolo di campagna, che nome dargli non saprei. Semplicemente uno sterrato tra le case e bisogna stare attenti ai sassi, ai pezzi di cemento sbavati dai muretti e non manca qua e là qualche ciuffo di ortica.

Le case sono basse, una diversa dall'altra, non belle, qualcuna con due o tre scalini per entrare. Poche, le più carine, hanno una loggetta. Ognuno ha fatto la sua a misura della sua forza. Oppure è quella di papà o di nonno. Dopo pochi passi, sulla destra, le scale non sono più lì, subito, che se allunghi una mano le tocchi, ma, un po' allontanate, tre o quattro porte si aprono a raggiera su un cortiletto grigio di cemento. Sono brutte e non fanno allegria.

Nella prima vive da solo un signore, del quale non si può dire altro che è una brava persona, niente di più e niente di meno. Nella seconda vive una donna, della quale, invece, è stato detto tanto e malignato ancora di più. Dritta come un fuso, cammina come se avesse ingoiato un manico di scopa, fiera del suo petto, capelli tirati sulla fronte, incurante della sua bruttezza. É sempre vestita di nero, perché il lutto per un marito non si toglie mai. Un marito morto giovane e, forse, dicono, in seguito ad un'iniezione fatta da lei. Il lutto per tutta la vita! É avvolta dal mistero ed è bene non frequentarla troppo, soprattutto per le bambine, perché, con aria segreta, sottovoce, i paesani benpensanti raccontano pure che poi sia nata una figliolina, nata troppo tardi per essere nel giusto e che non ha avuto nemmeno il tempo di aprire gli occhi. Il suo nome fa a pugni con la sua vita. Si chiama Benedetta. Secondo me, da qualche parte, non so dove, cammina ancora dritta, fiera e senza peccato. Ancora con il vestito nero.

Allora è meglio sbirciare nella casa accanto e respirare aria di fiaba. Ci lavora "l*o scarparo*". Non canta, come racconta una favola del ciabattino. Non può, perché nel suo mondo non ci sono suoni e cosi dalla sua gola escono solo versi strani che a noi bambini fanno tanto ridere e cerchiamo pure di trattenerci, che non si deve. La sua è più una bottega che una casa, non si vedono né un letto, né una macchina del gas. Al centro della piccola stanza, di fronte alla porta, un piccolo tavolo basso, il suo laboratorio. Il piano sparito sotto montagne di scarpe e attrezzi vari. Lui è seduto lì e, senza smettere di battere, ti vede entrare. Non sente, ma ti guarda e ti vede molto bene. Tutt'intorno scarpe, piccole, grandi, scarponi pesanti, niente scarpe con i tacchi, sui sassi non vanno bene. Ce ne sono ovunque, per terra, sulle mensole, appese per i lacci, così tante che non sai dove mettere i piedi che lo spazio libero è davvero poco.

Mentre ti guarda, ti sorride, ti accoglie con le parole mute del suo sorriso, ma non smette mai di lavorare. Batte chiodini, incolla con un mastice odoroso. Le dita sporche non perdono tempo e ogni tanto può anche servire di leccarselo un dito per incollare meglio.

Batte forte, il rumore non c'è.

Lo chiamano tutti Felicetto, forse un diminutivo di Felice, tanto per lui non cambia. Non ha anni, solo sempre negli occhi un bambino che sorride. Ci andiamo e portiamo le scarpe di tutta la famiglia per tutto l'anno, che come Felicetto non se ne trovano altri. Quando vai da lui ti aggiusta le scarpe e l'anima.

Nell'ultima casa affacciata al cortiletto, si va per il latte. Mia sorella mi dà la mano, è più grande di me e di certo non mi lascia. Così tutti i giorni. Andiamo al tramonto, proprio in quell'ora che non sto qui a ripetere cosa fa al cuore. Abbiamo il nostro pentolino e, se arriviamo nell'ora della mungitura, si va direttamente nella stalla e, come uno schiaffo in faccia, un'aria fitta, che sembra nebbia, ti fa quasi cadere. É fatta di calore e odore, l'odore più odore di tutto il mondo. La mucca, ce n'è una sola e non è molto contenta.

ZIA ANTONIA

La casa è ancora lì. Chissà, forse c'è sotto una pietra tanto grande che la tiene così stretta che i vari terremoti l'hanno fatta tremare appena. Anche le scale per arrivare al portoncino sono di pietra, i gradini uno diverso dall'altro, ma tutti molto alti. Lungo il muro delle scale lei appende ad asciugare le matasse di lana che tinge con strane polveri colorate. Ormai sono rimasti in pochi, solo i più vecchi del paese, a ricordare questa festa di colori. Lei le usa per tessere le coperte e sono in tante a volerle, tutte quelle ragazze che vogliono il corredo, che sognano il matrimonio. Per sé no, niente corredo. Lei è altro. Si chiama Antonia, ma sa benissimo che quando parlano di lei è "*la Baffa*".

La stanzetta con il telaio è ai piedi delle scale e d'inverno è freddo, le mani ghiacciate, ma quando si lavora, avanti e indietro, trama e ordito, trama e ordito, ci si riscalda presto. Forse può arrivare un po' di calore dal forno che è appena fuori quella stanza, tanto si sta sempre con la porta aperta, d'inverno e d'estate. Insieme al tepore arriva il chiacchiericcio delle donne che vengono per cuocere il pane, lo portano sulla testa bene allineato sulla spianatoia, una tavola di legno, pani in fila uno dopo l'altro e sopra ogni pane il segno della croce, che affonda nella morbidezza dell'impasto, non sia mai non lievitassero bene.

Zia Antonia, intelligenza e spirito di iniziativa, la forza di una donna in un corpo forse più maschio che femmina. Forse si sente sbagliata e costretta con quella gonna lunga, il fazzoletto in testa e quel corpo così poco aggraziato, ma la sua vita ormai è questa.

Che figura fantastica! Non l'ho conosciuta. Io sono nata "dopo". Eppure la vedo quando al telaio inventa disegni di cui è astutamente gelosa (le tessitrici sono tante), ma anche quando, con gambe forti, sotto la sua lunga sottana, va su per la "sua" montagna, guarda, cerca e raccoglie erbe che, nel suo caminetto, farà bollire per un secolo per farne un decotto che guarirà una brutta lacerazione sul piede del nipote, il mio papà. Con la voce grossa e l'aspetto così misterioso, accende curiosità maligna negli adulti, nei bimbi quel timore che ti fa fare un passo indietro, eppure è più mamma di tante mamme e lo è per mio padre e le sue sorelle. E poi non può abitare cattiveria in una casa dove aleggia profumo di mele, delle mele che lei raccoglie in autunno e per tutto l'inverno conserva nella paglia e parliamo di quelle mele piccole, un po' allungate, gialle, rare, profumate, rare da trovare. Lei le chiama limoncelle.

Vive da sola in quella casa fino a vecchia, vecchia, non ha paura di niente. Solo dice ai suoi paesani: "Quando passate la mattina, se vedete il pollaio chiuso, salite in casa, c'è qualcosa che non va"

Ce l'ho nella testa e nella pancia anche se i miei occhi non l'hanno mai vista. Foto non ne esistono. Sarà pure perché mi hanno dato il suo nome, volendolo ingentilire un po', magari per assicurarmi la femminilità, non pensando che quello di cui mi voglio inzuppare e gonfiarmi come una spugna è proprio la sua forza. Ci vorrà forse tutta una vita.

IL BALLO DELLA PANTASIMA

Ventiquattro agosto, S. Bartolomeo e Santa Elisabetta, sono i patroni, festa grande in paese. Si cominciano a raccogliere soldi settimane prima. Ti bussano alla porta. Qualcuno, zitto zitto, fa finta di non essere in casa perché della festa non gliene importa niente, ma gli organizzatori, i cosiddetti festaroli non si arrendono. Torneranno a bussare perché più si raccoglie e più la festa sarà grande, da fare invidia ai paesi vicini, con tanto di fuochi e di sorpresa finale. Una sorpresa scintillante, perché proprio di scintille parliamo. Ci sono poi quelli che vogliono far sapere che loro i soldi li hanno, che la festa si deve fare e grande. Alla fine, chi per vergogna, chi per vanto, tutti partecipano e si raccoglie un bel gruzzolo.

I *festaroli*, ragazzi del paese, prendono contatti con qualche cantante alla loro portata, con il fuochista, con i commercianti che offrono qualcosa di buono per organizzare il palo della cuccagna e quello che tutti, ma proprio tutti vogliono, la banda, perché la festa non può cominciare se non arrivano i suonatori di trombe, piatti e tamburi. Si preparano tanti dolci che, ben disposti su tavolinetti fuori dalla porta di casa, sono lì per i musicanti, per una sosta per riprendere fiato e riposare braccia e gambe. Tutto è approntato, ma per il via ufficiale, ci vogliono i colpi scuri, così chiamati perché senza luce, prerogativa indiscussa dei fuochi d'artificio serali. Si tratta di spari a salve nel cielo di mattina presto, che fanno un gran rumore, accompagnato da una nuvoletta di fumo. Secondo me, piacciono solamente a qualche vecchietto che con il tempo ha perso l'udito e la voglia di alzarsi dal letto. Ci si deve preparare, anche un po' di corsa, che c'è da mettere al forno la lasagna e il pollo con le patate perché oggi a tavola siamo in tanti, con quel parente invitato solo perché "la festa si fa", con quell'altro che "meno male che viene che è un anno che non lo vediamo". Bisogna anche vestirsi un po' come si deve, che c'è la messa della festa e la processione.

Così, per l'occasione, oltre ai Santi portati a spalla, prendono aria i piatti del servizio buono, le tovaglie con il merletto e qualche vestito che, certo, non si mette per andare all'orto o al pollaio.
Arriva la banda, numerosa e rumorosa, colorata e allegra. C'è una magia nella banda che non so spiegare, ma le sue vibrazioni ti arrivano veramente alla pancia.
Suonano dei ragazzini, in prima fila, ma anche quelli che suonando ci sono diventati vecchi. Tutti con l'entusiasmo negli occhi.
Accompagnati dalla banda, lentamente si cammina in processione. Gli uomini si tolgono il cappello, le donne si mettono il velo e solo loro, con voce decisa che si deve sentire, cantano l'Ave Maria e qualche libera interpretazione di canti in latino. Ogni tanto il pensiero va al forno, che speriamo non si bruci niente.

Si mangia e si gioca per tutto il giorno. Tornei di briscola per i grandi, giochi in piazza per i piccoli. Rabbia di chi perde, soddisfazione di chi vince.
E le scintille? Quasi quasi ci siamo. Dopo cena tutti in piazza. C'è il ballo della Pantasima.
La Pantasima è una pupazza costruita su di un telaio di ferro e legno, ricoperto di carta colorata. Ha le sembianze di donna, le braccia sui fianchi sono ricoperte di fontane, razzi e bengala e sulla testa ha una girandola più grande. Tutto un castello di fuochi d'artificio.
A forma di cono cavo, viene ballata a suono della saltarella da persone, uomini e donne, che la indossano come un abito, sorreggendola dall'interno. Viene messa all'asta, si deve pagare per ballarla, non è per tutti.
La trattativa è lunga, tra sfottimenti e rilanci sbeffeggianti. C'è chi ha paura, ma lo vuole fare almeno una volta, chi lo ha fatto tante volte e non vuole rinunciare, chi si fa avanti, ma poi si tira indietro e ci riproverà l'anno prossimo. Finalmente ci si mette d'accordo e saranno almeno tre o quattro a turno a far ballare la bella donzella.
Si accende la prima girandola e via via, passandosi il fuoco l'una con l'altra, scoppiettando e scintillando, si accendono le altre. Subito, con gioia, piccoli e grandi, ma con tanta vita ancora dentro, dandosi la mano, formano un girotondo intorno alla pupazza.
C'è il rischio che ti arrivi addosso una scintilla che aumenta l'entusiasmo e l'ilarità, che ti fanno urlare e ridere insieme, non di paura ma di contentezza.
Le gambe che sbucano appena da sotto il vestito, saltellano come impazzite. Di sicuro i piedi più vivaci, ma che non perdono una nota della musica, sono quelli di Idarella. Bassa e rotondetta, chissà quanti anni ha, ma di sicuro ha passato da un pezzo il mezzo secolo. Ne ha ballate tante di "pantasime", ma sembra che voglia continuare ancora a farlo finché ce n'è con un'energia e una vitalità che dalla musica, le si tuffa in fondo al cuore, trasmettendola a noi che stiamo lì con gli occhi bene aperti e un animo leggero.

Ed è un crescendo di fuochi, musica e allegria, fino a che il fuoco sale serpeggiando fino in cima alla testa, dove si accende la girandola più grande e, sapendo che sta per finire, si accelera nella corsa e nell'allegria in un frenetico ballo finale, propiziatorio, euforico e liberatorio. Poi tutto si placa.
Il vestito della Pantasima è quasi salvo e lei prontissima per essere accompagnata di nuovo a ballare, tra un anno.
É tardi, si torna a casa, i piedi ogni tanto partono da soli per un saltello, nella testa ti accompagna quel ta-ta-ta, ta-ta-ta e il sorriso ce l'hai sulla faccia e dentro all'anima.

L'AMORE AL TEMPO DEL COVID-19

La prima parola che mi viene in mente è "attesa". Attesa con speranza, attesa con fiducia, attesa anche con tanta, tanta paura. Paura perché tua figlia, in Pronto Soccorso, li accoglie e li visita quelli con il Covid-19. E allora piangi, piangi insieme all'altra figlia, che pure

lei trema per la sorella, quando ti dice “tampone negativo”. Poi si ripeterà. E di nuovo aspetti. E quando ti manda la foto vestita da astronauta, con quella tuta insopportabile da indossare e terrificante da vedere, ti vuole tranquillizzare, dice: “mi proteggo”.
E poi c’è il Tg, che almeno uno ne devi vedere, ma lo zittisci al volo quando parlano di contagi tra il personale sanitario, perché la tua voce di nonna non può tremare troppo quando deve rassicurare un nipote di nove anni, preoccupato per la sua mamma. Allora, per accorciare la giornata, ti inventi di tutto, pulizie minuziose, ordine nei cassetti che non sai più neanche cosa c’è dentro. “Questo lo tengo, questo lo butto, questo a chi lo posso dare?”
Foto da riordinare, ma pure quello... oddio, come eravamo giovani e anche belli e neanche me ne ero tanto accorta, e la nostalgia canaglia sempre in agguato. Ma allora questo virus non colpisce solo i polmoni e non so che altro, ma di sicuro di insinua anche nell’anima. Passerà, ma non lo dimenticheremo perché lo abbiamo avuto al nostro fianco, presenza invisibile fortissima, in un tempo diverso dal resto, che sento simile a uno stato di sonno e, forse, daremo un senso diverso alla parola “normalità”.

Nota del curatore
Negli scritti di Antonietta c’è una genuinità che rispecchia il suo modo di essere. La immagino sorridente mentre scrive e ricorda, perché mantiene limpida l’integrità fanciullesca di cogliere l’aspetto fiabesco. Poi c’è la sensibilità di una donna che trae forza dalla semplicità, che affronta la vita con coraggio, accettando l’alternarsi di gioie e momenti difficili. Questo le conferisce una gradevolezza che esprime molto bene anche nella scrittura.
Adriano Albanese

MARTA PIETROSANTO

Sono Marta Pietrosanto e vivo a Roma, negli ultimi anni la scrittura per me è stata un rifugio ma anche un luogo per esprimere le mie opinioni. Quando scrivo mi piace dare spazio a chi nella vita non ne ha, mi piace dare la parola a chi, schiacciato dagli eventi, l'ha persa o non l'ha mai avuta. Scrivo perché mi piace e quando scopri di amare una cosa, la tieni stretta senza lasciarla più andare.

IL PESO DELLE PAROLE

È una notte fresca, rischiarata da una pallida luna piena. La città, di giorno così caotica e rumorosa, ora è immersa in un silenzio quasi mistico. Ma quella quiete innaturale è d'improvviso turbata da uno sfrigolio lontano, qualcosa si sta avvicinando.

Fila veloce la maestosa carrozza lungo i ciottoli asimmetrici della strada, un cartello reca la scritta "Via Aurelia Antica". Olimpia è seduta all'interno, lo stridore delle ruote è talmente forte che non le permette di riposare, ormai si è rassegnata ad un viaggio insonne. Il finestrino è aperto e la tendina svolazza, ad un tratto Olimpia nota il cartello, "Ah, finalmente questa strada viene chiamata con il suo nome proprio!". Con le mani si attorciglia un lembo della lunga e pesante veste nera, sono secoli ormai che indossa soltanto quel colore, la fa sentire più a suo agio, meno osservata, meno giudicata. La fronte è costellata di goccioline di sudore, nemmeno la brezza estiva della sera riesce a placare il nervosismo che le provoca percorrere quella strada.

"Aurelia Antica, mmm... ne hanno forse fatta una nuova?" Ma sa già che la sua domanda non avrà risposta, non c'è nessuno lì con lei a parte i quattro cavalli che trainano la carrozza, loro sanno già dove andare, non c'è bisogno di alcuna guida. Parlare da soli ad alta voce è sottovalutato, aiuta molto a schiarire i pensieri, le capita spesso di farlo.

"Chissà se qualcuno la chiama ancora con quell'odioso soprannome che aveva ai miei tempi"

Adesso anche i palmi delle mani sono imperlati di sudore ed Olimpia continua senza sosta a stringere l'orlo dell'abito, ormai l'ha tutto sgualcito, fosse solo un abito stropicciato il prezzo da pagare quella sera. Olimpia è nervosa, sono molti anni che aspettava questo momento, è da tanto che nasconde un desiderio che da sempre cova dentro.

La mente vola altrove, ai ricordi di una vita passata ormai da così tanto tempo che ormai sono sbiaditi. "Chissà perché tutto perde colore e definizione, quasi come non fosse mai esistito, però le offese che abbiamo subito, le ingiurie e le maldicenze che abbiamo sopportato, quelle restano sempre lì, in quell'angolo della memoria, come scolpite nel marmo?" Fa questa domanda, speranzosa che questa volta qualcuno compaia all'improvviso e la smentisca, ma per tutta risposta riceve solo il nitrire dei cavalli. "Ho fatto così tanto nella mia vita, ho tirato su una famiglia e gli ho garantito una vita nell'agio... io che venivo da una famiglia così povera che mio padre, potendo garantire un futuro solo ad uno dei suoi figli, scelse ovviamente mio fratello, il figlio maschio, e per avere una bocca in meno da sfamare voleva obbligare me a prendere i voti! Sarei diventata così un problema del convento, non più suo. Non è stato semplice andare contro il suo volere! Ho costruito una fortuna dal nulla, ho preso parte alle decisioni politiche della città di Roma. Ho camminato a testa alta persino in Vaticano, anche se derisa, sbeffeggiata e malvista da tutti quegli uomini, non mi sono mai piegata; eppure ora non ricordo più i dettagli di alcuna di queste conquiste, anzi, ora che ci penso mi sembrano tutte imprese così banali...però quella cantilena la ricordo bene, anche il contadino più ignorante usava quella frase in Latino per canzonarmi. Com'era? Ah sì, *Olim pia nunc impia.* Latino poi, ma che lingua inutile! Non l'ho mai studiata, figuriamoci se mio padre poteva investire per far studiare me, mio fratello era quello su cui puntare. Quando sono diventata una donna facoltosa avrei potuto studiarla, avrei potuto usarla per darmi delle arie ma a dire la verità era una lingua che non ritenevo necessaria, ma per quanto io non abbia mai saputo nemmeno una parola di latino questa frase la ricordo bene, così come tutte le altre ignobili chiacchiere su di me"

L'abito ora è tutto spiegazzato, dalla tensione Olimpia è passata a rosicchiarsi le unghie, un antico vizio duro da sconfiggere. Tutto tace, le ruote non stridono più, la carrozza si è arrestata. Con le mani scosta la tendina e si sporge leggermente dal finestrino, un'insegna le si para davanti: *SOTHESBY'S LONDON*.

"Siamo arrivati" annuncia con voce rotta dall'emozione. Anche questa volta nessuno le risponde, sebbene una grande folla sia raccolta intorno a quel luogo.

La casa d'aste è in fermento oggi, da poco è stato rinvenuto un dipinto prezioso, eseguito dal famoso Velasquez, un ritrovamento incredibile. Il quadro, che ritrae Olimpia Maidalchini Pamphilj, detta anche la papessa e conosciuta dai romani come la Pimpaccia per la sua vita all'insegna dell'avidità e della spregiudicatezza. Il quadro, di cui si aveva contezza negli annali degli storici, era disperso da più di quattrocento anni. Tutti sono ansiosi di vedere la preziosa opera, molti fremono dalla voglia di aggiudicarsela per aggiungerla alla propria collezione. "La donna più odiata dal popolo romano viene a casa con me oggi!" afferma tra le risa un uomo ben vestito, "Vediamo, magari quella megera me la compro prima io!" risponde scherzosamente un altro, altrettanto ben vestito. Il clima è molto allegro, festivo.

Olimpia si avvicina, dopo più di quattro secoli ci sono ancora degli uomini che la stanno deridendo, ma ormai non ci bada, è abituata a questo tipo di commenti "Dopotutto non ha nemmeno torto!" e ride fragorosamente, "sono stata davvero la donna più odiata dai Romani!"

Nessuno può vederla o sentirla, lo si capisce da quanto si lascia andare nella sua risata, sa che nessuno la giudicherà come una donna volgare o sguaiata. Si dirige verso il retro del palco, come seguendo una voce che la chiama "Eccolo"

Il quadro è finemente incorniciato d'oro, contornato da drappi rosso vermiglio. "Ironico eh?! Tutto questo colore per una che per tutta la vita ha vestito solo di nero" ride di nuovo, ma questa volta la risata la tradisce, non trasmette buonumore ma disagio e nervosismo.

Il suo sguardo vola nella stanza e si posa sui suoi occhi, si specchia dentro i suoi occhi tristi raffigurati sulla tela, se lo ricorda quel giorno, le veniva da piangere ma non poteva, una donna forte come lei non poteva piangere davanti a un pittore. Giovanni Battista aveva commissionato quel quadro, diceva di volere che la donna che amava venisse ritratta dalla stessa mano che aveva ritratto lui, ciò li avrebbe legati per sempre. "Per sempre dicevi, anche se la vita non ci ha mai permesso di stare insieme. Però io da sempre ti amo"

Quando le aveva mostrato il quadro le aveva detto che il filo che li legava non si sarebbe spezzato mai, ma che per il bene di Roma e della Chiesa dovevano allontanarsi per un po'. Due mesi dopo era morto, lasciandola in pezzi.

Ecco perché era lì, Olimpia doveva vedere quel quadro, ecco cosa l'aveva tenuta ancorata a quel mondo che non le apparteneva più. Mentre i pensieri scorrevano come un fiume in piena da un angolo della stanza sente singhiozzare. Olimpia si volta, una donna è seduta a terra, le ginocchia incrociate, i gomiti appoggiati sulle gambe, la testa tra le mani. Quante volte è stata lei nella medesima posa, quante volte si è stretta la testa tra le mani quasi a voler canalizzare l'energia per scacciare via il dolore che la attanagliava. Trascinando il suo pesante abito nero le si avvicina, come a volerle chiedere cosa sia accaduto ma tanto non le occorre, i fantasmi possono riavvolgere la storia come il nastro di una cassetta, mandare indietro gli eventi e riviverli da spettatori. Olimpia fissa in silenzio la scena che si para davanti ai suoi occhi, un uomo sta dicendo alla donna in lacrime che il pezzo è troppo prezioso per farle gestire l'asta, serve una figura più autorevole, ci sono anche le telecamere, meglio non rischiare, meglio un uomo. A poco serve far valere le sue ragioni e far pesare la sua esperienza ventennale, asserire di essere la banditrice ufficiale della casa d'aste non serve a niente, la donna ne esce sconfitta. Quell'uomo volgare è più adatto, è famoso, lui va sempre in tv. "Potrai occuparti delle chincaglierie che bandiremo domani, quelle cose che a voi donne piacciono tanto, mettiti seduta e goditi lo spettacolo, anzi, ho un'idea migliore, approfitta, vatti a fare le unghie o i capelli, fate questo voi donne nel tempo libero, o sbaglio?"

Tutto è chiaro.

Olimpia singhiozza rumorosamente, si unisce al pianto più discreto della donna, il loro dolore si tocca, quell'umiliazione l'hanno vissuta insieme. Intanto nella sala grande il quadro va all'asta, le offerte fioccano, si chiude a più di due milioni di sterline ma Olimpia ormai ha dimenticato il motivo della sua visita. Si avvicina e anche se il suo corpo non ha densità stringe la donna in un forte abbraccio.

"Sii forte bambina mia, era, ed è ancora, un mondo di uomini per uomini. Prima o poi lo cambieremo"

UNA LO SPECCHIO DELL'ALTRA

Annoiata tra 'no scroll su e 'no scroll giù, 'na pubblicità m'ha catturata: "Museo per l'immaginazione preventiva – ingresso gratuito". Un click al volo e la mostra è servita, la giornata di domani è apparecchiata, ogni tanto ce vo 'n po' de svago, no?

Arriva il giorno predestinato, scarpa comoda e zainetto inforcato, direzione via Nizza; ma sia chiaro, la macchina non se sposta da sotto casa, sta lì, bella bella parcheggiata, non se pò mica disturbà! Ma poi a cosa serve l'automobile dentro a 'sta città così tremendamente trafficata?! Da piccola avevo letto un libro che m'aveva colpito, ancora me ricordo er titolo, "La coda degli autosauri", parlava di un grosso, enorme ingorgo, ecco, io Roma la vedo così, perennemente immersa dentro a quel libro. Me sembrano tutti matti quelli che se ostinano coi loro macinini a ficcarsi tutti in giorni in quel delirio che farebbe uscì pazzo pure il Padreterno. Prima, seconda e freno, prima, seconda e freno, all'infinito, roba che quando arrivi a destinazione te pare che sei stato 'n palestra a fa i quadricipiti oppure sei diventato tipo automa e ripeti *prima e folle prima e folle prima e folle* a cantilena. No no, 'sta roba non fa pe me, sciò. Me piace pensà che non sò schiava de quello strumento de tortura con cambio e quattro ruote. Senza contare che poi te ce voglio a trova parcheggio sotto casa la sera, ma semo pazzi? Meglio andà a piedi e fa finta che te voi sgranchì e gambe.

E poi parliamone, l'Atac è parte integrante della romanità, io penso che se per caso se la volevamo inventà non ce riusciva de creà 'na società de mezzi pubblici più adatta dell'Atac pe Roma. Se vieni a Roma non puoi non farti 'n giro su certi mezzi, so parte dell'avventura mistica! E mo ve faccio na bella carrellata de esperienze mistiche che negli anni ho accumulato.

Er trenino pe' Ostia, quella sì che è n'esperienza! A tanti je fa riaffiora i ricordi, come le *Madeleines* pe' Proust, ricordi di quando da pischelli se andava ar mare con l'amici, quando nessuno c'aveva la patente e se c'avevi quella comunque non c'avevi i sordi pe mette la benzina; a me sinceramente no, non so mai stata patita de' colorito bruciacchiato e nivea e se proprio ce dovevo andà al mare, da vera ribelle che manco Giovanna D'arco, io prendevo il Cotral, vero affronto, e andavo a Passoscuro, altro affronto. A trent'anni quando capita na conversazione con qualche coetaneo esce sempre fuori qualche discorso tipo "oh, te ricordi er locale, quello figo che faceva le serate sulla spiaggia, te ricordi la "*disco on the beach*?" Se vede quasi la lacrimuccia che gli affiora, un misto de memorie felici lo assale, ricordi de gioventù e cocktail penosi, bagni pieni de piscio e sogni de futuri luminosi e mentre sta sul più bel bello arrivo io che puntualmente blocco er flusso de coscienza con un secco e dissacrante “NO, io a ostia non ce so stata mai da pischella”. E niente, basta na parola per fermare quel mare de pensieri e passare alla disapprovazione per sto essere alieno che non s'è mai fatto na serata a Ostia a luglio.

L'8, amore e odio per quel tram verde bottiglia. L'incredibile saetta che da Casaletto te porta dritta dritta a Piazza Venezia, saetta pe modo de dì perché se anche una sola volta nella vita sei passato pe' la Circonvallazione Gianicolense te la ricordi bene, o meglio, te ricordi i diecimila semafori. Quelle poche volte che m'è capitata l'eccezionale e rarissima “onda verde” me so sentita 'na vera miracolata. Che poi, come ho detto prima i mezzi pubblici de Roma fanno scattà i ricordi e allora mo ve racconto il mio, risale addirittura alla seconda elementare, credo, non è che me sovviene proprio tutto de quella giornata. Ad ogni modo, la prima volta che so salita su quel tram è stato con mamma, na compagna di classe e la nonna, stavamo andando, a dire il vero il luogo esatto non me lo ricordo, forse il Campidoglio, ma quello che conta era l'evento, ad un matrimonio. Ebbene sì, a quell'età non potevo vive se non andavo al matrimonio della maestra di Religione! Ne so passati de anni, eppure non me la posso mai scordà, la maestra Bianca, la maestra più giovane della scuola e che quindi riscuoteva la simpatia di tutte noi bambine che avidamente c'impicciavamo della sua storia d'amore, praticamente era tipo Verissimo delle elementari. Eravamo avide de conoscenza, volevamo sapere tutto del fidanzato e del vestito, peggio delle socere che nella vita me so capitate. Cosa divertente, la maestra tanto adorata, che io sostenevo con fermezza assomigliasse alla Venere de Botticelli, e quindi che ve lo dico a fa, me sembrava quasi un angelo sceso in terra, mentre andavo a liceo s'è candidata con un partitucolo de destra, uno de quelli pieno de strilloni rancorosi, mamma mia che cocente delusione. E niente, quando vedo l'8, oltre a tutte le serate passate a Trastevere, io penso alle elementari, a Diana e sua nonna e al matrimonio della maestra Bianca.

N'artro autobus che me fa letteralmente 'mpazzi, in senso buono sia chiaro, è il 490. Ma voi lo chiamate mezzo pubblico? A me me pare quasi 'n privilegio salì su quel bus. Lo prendo spesso, parto da Baldo degli Ubaldi, sì, esiste, lo so che il nome provoca 'n po' de ilarità ma se chiama così. Lo prendo da là, vicino al capolinea e zitto zitto, cheto cheto me porta dall'altra parte de Roma, ancora non se spiega come fa a esiste n'autobus che parte da Cornelia e arriva a Tiburtina, eppure ce sta. E non scherzo mica, se non siete pratici, pigliate na cartina de Roma, vabbè, cartina pe modo de dì, aprite Google Maps: se parte da Roma ovest e tac, s'arriva a Roma est, ma mica è finita qui. Sto autobus altolocato se fa tutta sta strada, ma mica come i comuni mortali, eh no, lui se la fa tutta di corsia preferenziale, ed ecco che sfreccia pe via Angelo Emo, via Candia, via delle Milizie, poi scavalla er Tevere a Ponte Matteotti e arriva a Piazzale Flaminio, passa 'n mezzo a tutti sti palazzoni signorili, che boh, io li guardo e me sento piccola e nera, tutti belli e maestosi, con fregi e decorazioni. Na volta arrivati a Flaminio succede er finimondo, na marea umana scende e n'altra marea umana sale, ma quello è comunque il momento più bello, da là tutti gli schiavi della macchina passano pel Muro Torto, che brutta strada, ma noi no, noi privilegiati sull'autobus signorile passiamo dentro Villa Borghese. So sì e no cinque minuti all'interno della Villa ma solo quello me rimette al mondo e a volte penso che la gente paga i pullman privati pe fasse porta a spasso pe Roma e invece noi c'abbiamo l'Atac che co la modica cifra de n'euro e cinquanta ce porta a lavoro e ce fa pure il tour.

Ma vabbè, come ar solito me so persa in chiacchiere e ho divagato. Giorno predestinato, salgo sul 490, potevo mai andare dall'altre parte di Roma con la metro, non sia mai, io all'autobus ce so affezionata quindi, in ricchezza o povertà, autobus pe sempre, che nessuno ce separi. Scendo a Porta Pia, co 7 minuti de passeggiata dovrei arriva alla mia meta tanto agognata. Me faccio n giro pe la zona, bella, la conosco poco, chi ce viene mai qua, o meglio, ce passo sempre ma non me ce fermo. Noto pure quel ristorante che avevo visto su una pubblicità, quello che fa i piatti scandinavi, ora finalmente so dove sta, ci andrò. Ho na specie de feticcio io per la Scandinavia, ma vabbè, questa è n'artra storia. Fa 'n po' ride in effetti, na romana, appassionata della caciara de Roma che ama il rigore e l'ordine scandinavo e che vi devo dire, siamo tutti 'n po' bianchi e 'n po' neri, 'n po' *Eros* e 'n po' *Thanatos*, mo, non è che voglio scomodà Platone, anche perché io, a detta della mia prof ero na vera ciofega in filosofia, però pure Platone lo diceva, la biga c'ha due cavalli, uno bianco e uno nero, uno istintivo e uno razionale.

Arrivo a via Nizza e finalmente me godo sta mostra, prima na tappa ar bagno, devo, ma mica pe 'n bisogno fisiologico impellente ma perché non ci sta al mondo n bagno figo come quello del Macro, io ve sfido, trovatemene uno più bello. Ogni volta, puntualmente m'impiccio e non lo trovo, me tocca sempre fa la figura della principiante che va al bookshop e chiede dove sta il bagno e quello sempre là sta, ce passo davanti ogni volta e non lo vedo mai al primo passaggio, poi dopo che me rispondono come pe magia scorgo la porta, entro ed ecco che pare de sta su n'astronave, tutto fatto de lamiera, tutto specchiato, er paradiso dei narcisisti. Parlamose chiaro, qua la gente spende i miliardi pe fasse n tour su una navicella spaziale e qua è gratis, a no schiocco da casa. Ma parliamo del lavandino, se così se po chiama, è fenomenale! Fai n passo e s'illumina tutto de rosso e l'acqua inizia a zampilla da sola da tutte le parti, io ve lo dico, alzasse dal divano e fasse il viaggio vale già solo pel bagno.

Me dirigo tutta tronfia e baldanzosa verso la sala espositiva e inizio guardare le opere, sala dopo sala me guardo 'ntorno e n'idea s'empadronisce di me, si fa avanti sempre più prepotente: lo l'arte contemporanea non la capisco! Me guardo intorno spaesata, quasi me sento a disagio, secondo me gli impiegati del museo me stanno a giudica, l'hanno capito che so 'n sacco perplessa. Faccio finta che m'appassiono a qualche opera e me la guardo pe n po', cerco de sembrà rapita ma tanto loro lo sanno, "Questa non ce sta a capì 'n tubo". Me giro il museo pe intero, arrivo de fori e là il mio smarrimento cresce, un'installazione. "Mah... io davvero l'arte contemporanea non la capisco". E più so dubbiosa e più me sento osservata, più me sento osservata e più sento che mi stanno additando, eccola la burina che se finge intellettuale, è venuta qua a mescolasse con noi ma noi non ce cascamo.

Esco dal museo mezza affranta, forse n po' gnorante ce so veramente, magari non proprio ignorante ma scarsamente dotata? Ma ecco d'improvviso un flash nella mente che me fa ripià, so cosa devo fare pe riacchiappamme. Imbocco na vietta stretta stretta, all'occhio dell'osservatore disattento po' sembra 'n parcheggio ma io la noto, forse non capisco l'arte contemporanea ma disattenta proprio no. La vietta me chiama, a Mà, ma da quant'è che non te fai vedè, era ora! Me la percorro tutta fino n fondo, felice come se avessi ritrovato 'na vecchia amica e alla fine eccola là, Villa Albani. È da tanto che non la vedo, m'è mancata. Me la guardo quasi commossa, ce stanno du ragazzi seduti sulle scalette che m'hanno preso sicuramente pe 'na pazza ma non m'importa. Non è la prima volta che la vedo ma stavolta è diversa, stavolta c'ha 'n fascino particolare. La vedo là, così bella ma così abbandonata, così ricca ma così depauperata. Me pare quasi de guardamme dentro no specchio, me sento come lei. Piena de tesori chiusi dentro a 'n cancello ben serrato. Per sicurezza ce sta pure il filo spinato, non sia mai che qualcuno se ne accorga de tutta sta ricchezza celata. Me la guardo e provo quasi compassione pe lei, 'na meraviglia di quella portata relegata a discarica. Salgo le scalette e je provo a gira intorno, non se po', la tenuta è immensa. Tutt'intorno è pieno de graffiti e cocci de bottiglia, so molto più vissute quelle scalette che la villa, lei il privilegio de ospita persone non ce l'ha mai. Ce sta un gatto sul muretto, lo guardo, con gli occhi mi sembra mi stia dicendo "Cara mia io posso, io ci posso entrare", da na parte so contenta che qualcuno quello spazio se lo gode ma dall'altra me sento invidiosa. Sì lo so, è da pazzi invidia 'n gatto ma che ve devo dì.

Il cancello è tutto arrugginito, è diventato di un bel colore arancio vivo, anche se di vivo là non ce sta proprio niente. La facciata è tutta scrostata, n'ha viste de cose, ne porta i segni. Ci sta quella statua all'entrata, una venere sdraiata, placida e silenziosa sta lì distesa, non si scompone, la speranza che prima o poi sarà nuovamente ammirata non l'abbandona. Lei sta là, mentre gli anni passano e i ragazzi lì a fianco si divertono, sente da lontano le loro risa, testimone segreta e muta di passatempi fanciulleschi. Forse prova pure n po' de nostalgia, nostalgia de tempi lontani, quando era l'attrazione della villa, quando incontrava la meraviglia negli occhi dei visitatori.

I tempi ormai so cambiati, le occasioni so passate, Villa Albani sta sempre là, piena del suo splendore che però non ha più il piacere de condivide co qualcuno.

"Villa Albani io te capisco, so come te, semo tutte e due 'n po' scrostate e n po' ammaccate, tanti ormai ce passano davanti e manco ce vedono, ce guardano ma non ce vedono, ma io oggi t'ho notata, me so fermata. Er cancello chiuso non m'ha bloccato e manco er filo spinato m'ha trattenuto. Abbi fede, er tempo passa e ce peggiora ma solo al di fuori, la vera bellezza, quella dentro, non se tocca, anzi quella migliora"

LA DONNA MISTERIOSA

Ore 03.36, schermo del cellulare illuminato, un'occhiata veloce ad un social network, una ad un altro, la routine è sempre la stessa, non si aspetta di trovare chissà quali novità rispetto a dieci minuti prima, ma la speranza e la voglia di essere sorpresi sono sempre le ultime a morire. Di sottofondo l'episodio di una serie tv va avanti, una di quelle serie viste e riviste, ha acceso la tv per conciliare il sonno ma non sta funzionando. In questo periodo così surreale i pensieri sono troppi e spegnerli quando ci s'infila sotto le coperte diventa difficile.

Fuori il mondo rifiorisce dopo un inverno mite, le rondini finalmente sono tornate, sul web sono diventate virali le foto di paesaggi con tulipani in fiore, alberi di pesco e susino pieni di boccioli rosa, sarebbe bello vederli dal vivo ma no, di uscire non se ne parla, almeno non fino al 3 aprile dicono, ma chissà. Sono giorni difficili, per una volta siamo tutti davvero uniti dalle nostre preoccupazioni per il futuro, sia quello vicino che quello più lontano.

Si gira e si rigira nel letto, appena gli occhi si chiudono scenari terrificanti si fanno vivi, tutte quelle ansie che di giorno riesce a scacciare la notte lo fanno soccombere. Ormai l'unico modo per addormentarsi è guardare per ore qualcosa di mediamente noioso, che lo coinvolge ma non troppo, spera così di addormentarsi perché sfinito. È un metodo infallibile, sperimentato nei periodi di forte stress, solo che stavolta è più dura, le paure sono tante, hanno nomi propri e il mattino seguente non se ne vanno. Coronavirus, cassa integrazione, i cari che si ammalano, quelli più deboli, i nonni, i genitori, la nostalgia, la paura di non arrivare a fine mese. Ogni notte quando si corica si ripete a mente l'elenco delle sue ansie come se fosse la lista della spesa; tutti gli sforzi che fa per scacciare questi mostri e poter chiudere gli occhi e riposare sono vani. Stanotte soprattutto, siamo al giorno 6 di quarantena, la situazione non accenna affatto a migliorare, anzi, La tv non parla d'altro: morti, dolore, paura, un ritornello continuo che ti fa sentire sovraccarico di emozioni che non riesci a smaltire. C'è il dispiacere per le persone colpite e l'impotenza di non poter aiutare in alcun modo che ti portano a pensare cose assurde tipo: "Ma perché non ho studiato medicina? Ora avrei potuto aiutare!" poi ritorna in sé e si ricorda di aver sempre detestato gli ospedali, di essere uno con la lacrima facile che appena vede un malato si mette a piangere e che quindi sarebbe stato un pessimo medico. L'insonnia ormai è fedele compagna, ha preso posto nel letto accanto a lui, si fa spazio sotto le coperte; un'altra panoramica sui social, un annuncio salta all'occhio "diventa volontario della croce rossa, abbiamo bisogno di aiuto". "Mamma mia, non ho fatto in tempo a pensare ad una carriera in medicina che il cellulare già lo sa!" l'ironia è una cosa che l'ha sempre contraddistinto, anche nei momenti più bui, ci sta sempre spazio per una bella battuta, questa è la sua filosofia di vita. "Ah che mal di testa!" in questo periodo si hanno troppe domande e troppe poche risposte.

Fatto il giro di tutti i siti possibili ed immaginabili non resta che una cosa da fare, controllare la casella e-mail. Finalmente una cosa nuova, c'è un'e-mail appena arrivata che propone un giro virtuale per Roma tramite web cam live. "Ah Roma mia, come mi manchi!" in un attimo sullo schermo compare Campo de' fiori, quante birre ci ha bevuto là con gli amici, e poi con un salto arriva a Piazza Navona, quante passeggiate fatte lì nel periodo di Natale, con un solo click siamo ora a Piazza di Spagna, si sente il rumore dell'acqua che viene dalla Barcaccia, e poi eccolo, il simbolo della città, il Colosseo, che bella sensazione poterlo vedere... tutto tace lì ed è così per alcuni minuti quando però ad un certo punto qualcosa nell'angolo si muove, una tuta arancione. Non sa perché ma quella scena gli provoca curiosità e così si ferma ad osservare avidamente. Una ragazza dell'Ama sta pulendo l'area, lo fa con calma e delicatezza, c'è una certa eleganza nel mondo in cui compie quelle azioni così semplici. Quella donna lo cattura, non le riesce a togliere gli occhi di dosso, sono gesti comuni quelli che lei sta compiendo, visti già in chissà quante persone, ma la grazia con cui lei si muove è tutto fuorché normale. La ragazza prosegue nel suo lavoro, ignara di essere osservata, appena terminata la sua routine si allontana un momento, esce fuori dall'inquadratura della cam e dopo poco ricompare con qualcosa in mano, è tutta indaffarata nella sua attività, non si riesce a scorgere cosa stia facendo. Lui osserva tutto preso la scena, appena lei si allontana finalmente può vedere cosa sta facendo. Un piccolo ma ben visibile striscione compare nella scena, un arcobaleno colorato sventola ora sul muretto. In quel periodo se ne vedono tanti di arcobaleni, sono diventati un simbolo di speranza e di tenacia, scorgerlo però lì, a sventolare al fianco del Colosseo, lo rende molto più speciale degli altri. Mentre si abbandona a questi pensieri nota un movimento, La ragazza sta raccogliendo le sue cose e poi sparisce dal riquadro, stavolta non torna più. Lui sta lì, disteso nel letto, si sente un privilegiato ad aver assistito a quella scena, guarda l'orario, le 04.12, utenti online: 1, è davvero l'unico fortunato ad aver visto! Le emozioni di quel piccolo spettacolo privato lo hanno sfinito, finalmente si addormenta.

L'indomani si risveglia, i ricordi della notte passata sembrano un sogno, o forse lo sono stati davvero? Il gesto più sensato è quello di collegarsi alla web cam e controllare. Altro che sogno, la bandieruola con l'arcobaleno è lì, fiera sventola nel piccolo schermo del tablet, colpita dai raggi di sole che quella bella giornata primaverile regala. Il tempo scorre svelto tra piccole occupazioni quotidiane, una videochiamata, un film, una teglia di biscotti, ma l'impazienza cresce sempre più, il desiderio di rivedere quella donna si fa sempre più prepotente. A notte fonda l'ansia cresce, "La rivedrò?". Il luogo è sempre lo stesso, il Colosseo ma della donna nessuna traccia. Una punta di sconforto si fa avanti nel cuore del ragazzo che decide quindi di fare un ultimo piccolo tour per Roma per conciliarsi il sonno, il giro è sempre lo stesso, i luoghi conosciuti, quelli simbolo della capitale. La solita tappa a Piazza Navona e poi una al Pantheon e d'improvviso l'occhio nota qualcosa di diverso, qualcosa che non c'era il giorno prima, una piccola banderuola con un arcobaleno sventola vicino alla fontana del Pantheon, "Lei è stata lì!" La gioia cresce, l'ha ritrovata; dopo poco si fa spazio anche un po' di rammarico, per non averla vista. Anche se lontana nello spazio, sente quella ragazza vicina, come se la conoscesse, oggi l'ha mancata per un soffio.

Le giornate proseguono più o meno tutte uguali, le uniche diverse sono quelle contrassegnate dalla visita al supermercato. Quelle sono da dimenticare, contrassegnate da file interminabili e dalla paura di un nemico invisibile, gli unici gesti che un po' le allietano sono quelli che denotano solidarietà, gentilezza gratuita, il cioccolatino regalato dagli operatori del supermercato alle persone in fila o la cassiera con la battuta pronta anche di questi tempi. Ma nonostante la situazione, anche nei detestati giorni della spesa, c'è un nuovo vigore in lui, una nuova speranza lo incoraggia, quella del suo appuntamento fisso notturno. Ormai sono giorni che osserva la ragazza, ha imparato il suo giro a memoria, oggi il Colosseo, domani il Pantheon dopodomani Piazza di Spagna, lei è diventata la sua certezza. Ogni notte lascia in bella vista un simbolo di ottimismo, un palloncino, un arcobaleno, una frase di buon augurio, l'ultima volta un fiore. Sembra strano, ma quei piccoli segni di fiducia nel futuro lasciati dalla ragazza hanno avuto su di lui un impatto rivoluzionario, le paure sono sempre lì, sempre le stesse, ma il piglio con cui le affronta è cambiato. Si sente come il custode di un segreto millenario, lui sa chi è a lasciare quei messaggi, certo, non conosce il nome della ragazza ma sente che tra di loro esiste un rapporto speciale.

La quarantena prosegue per molti giorni, quello che ne stava uscendo era un paese ferito. Lui invece sembra aver trovato nuova linfa, ha la sua nuova routine serale. Ogni notte accende la cam e osserva la ragazza di cui ultimamente si perde ad immaginare la vita, lei è sempre lì, è diventata per lui una certezza, anche se non ne ha idea. A volte si ritrova a farsi delle domande su di lei, "Chissà se sa che la guardo tutte le notti", ovviamente non c'è risposta, ma gli piace pensare che in qualche modo lei lo avverta. Per alcuni giorni prova ad immaginare quale sia il suo nome, prende fogli e matita e la disegna, quasi a voler convogliare le sue energie per risolvere l'enigma, ma niente, non riesce a trovare il nome che secondo lui più le calza. Un giorno la disegna con un palloncino e la chiama Bianca, un altro con un fiore ed il suo nome è Lucia, un altro ancora lei porta tra le mani uno striscione e si chiama Maria. Per quanto tenti di metterla a fuoco, e credetemi, ci prova con tutte le forze, alla fine non riesce. Immagina la sua voce calda e sensuale, altri giorni invece gli sembra di sentirla gioiosa e squillante. Ormai la conosce così bene, sa a memoria i suoi gesti, il modo in cui si scosta i capelli dal viso mentre lavora e la sua abitudine di prendersi sempre due minuti per contemplare Roma prima di cominciare. "è possibile conoscere una persona senza conoscerla davvero?" si chiede durante le notti inquiete. Nella vita sono tante le donne che ha incontrato, all'inizio alcune lo avevano incuriosito ma poi l'interesse è svanito, la scintilla iniziale si è spenta e così si erano dissipati tutti i sogni di una vita condivisa.

Questa emergenza lasciava tutti smarriti, privi di certezze, tranne lui, la sua sicurezza non ha un nome ed un cognome ma ha un volto, un volto dolce con gli occhi sognanti, la sua stella fissa è quella ragazza che ogni notte osserva in silenzio. E se all'inizio la voglia di tornare alla normalità era tutto quello che potesse desiderare ora che la fine della quarantena si avvicina la paura s'impadronisce di lui, dovrà ritornare alla sua vita di sempre, abbandonare quella piccola abitudine che si è creato, dovrà tornare alla realtà. Questa storia romantica che si è costruito è perfetta, lo rende felice, lo fa sognare, invece la vita vera è ricca di problemi, problemi che fanno naufragare le storie per quanto all'inizio possano sembrare perfette. Inizia a domandarsi quale sarà la prima cosa che farà quando potrà tornare alla vita di tutti i giorni, prima la lista era affollata di desideri mangerecci, locali dove andare e birre con gli amici ma adesso, adesso l'unico desiderio che davvero si fa spazio nei suoi pensieri è quello di vedere lei. Non riesce più a pensare ad altro, tant'è che gli ultimi giorni di quarantena, travolto dalla voglia di conoscere quella ragazza ma anche dal terrore di essere rifiutato, non li nota nemmeno.

Il giorno tanto atteso arriva, tutti si affannano in strada, non servono più autocertificazioni o necessità primarie, finalmente si può tornare a vivere. La gioia di tutti è incontenibile, di tutti tranne la sua. La giornata passa lenta e noiosa, si rivolta nel letto senza una vera spinta ad alzarsi, si è convinto che se non si alza ed esce tutto rimarrà uguale, potrà continuare a vivere nella condizione dei mesi precedenti. Dopo due giorni passati così finalmente esce dal letto, alza le serrande e torna alla vita. Ha preso una decisione importante, non avvicinerà la ragazza, la osserverà senza che lei se ne accorga. Quella ragazza però merita di essere ringraziata per tutta la compagnia e il buonumore che gli ha regalato e così ogni notte si reca nel luogo designato, poco prima dell'arrivo della ragazza sistema fiori e biglietti là dove lei era solita lasciare i suoi messaggi di speranza, in silenzio si allontana e la osserva. Felice come un bambino la guarda raccogliere quei doni, il primo giorno spaesata e confusa, ma dal secondo giorno in poi consapevole che quegli oggetti sono proprio per lei, qualcuno sa! Così come nei mesi precedenti lui è felice, continua ad avere il suo appuntamento segreto con la donna che ha fatto silenziosamente breccia nel suo cuore. Per due settimane continua a lasciare doni e messaggi, estratti di poesie e canzoni, di nascosto si gode il sorriso gioioso di lei quando raccoglie i suoi regali, lei sembra felice e tanto gli basta. Una notte però la ragazza non si accontenta più dei messaggi segreti, quasi incollerita inizia a gridare nel buio della notte a qualcuno che non vede ma che sa che sta ascoltando "Fatti vedere!!" Le gambe sono bloccate, avrebbe voluto mostrarsi, chiederle il suo nome e poi subito stringerla forte, ma la paura di rovinare tutto è troppo forte, è pietrificato. La ragazza delusa ed arrabbiata riprende a lavorare, getta i fiori nel secchio e appena terminato va via.

Lui che per due settimane è stato la causa dei suoi sorrisi, questa sera è stato il motivo del suo dispiacere, non riesce a sopportarlo. Per due giorni non la cerca più, sono i due giorni più tristi della sua vita, quella ragazza senza nome è entrata ormai nel suo cuore, lei con i suoi messaggi di coraggio e speranza dedicati a volti sconosciuti, quella ragazza così buona ed altruista l'ha colpito così tanto che non la riesce più a dimenticare.

Il terzo giorno un pensiero nuovo attraversa la sua mente, peggio non tentare di conoscerla che vedere un'altra storia naufragare, così andrà a cercarla di nuovo, lì dove l'ha vista la prima volta, al Colosseo, secondo i suoi turni dovrebbe essere lì. Fiori in una mano e coraggio nell'altra, si siede su un muretto in attesa dell'oggetto del suo desiderio, quando vede arrivare il camioncino ha un tuffo al cuore e tutte le sue motivazioni vengono meno, il primo istinto è di scappar via ma, come la volta precedente, il panico lo paralizza e rimane seduto lì. Lo sportello si apre, una tuta arancione si avvicina... non è lei. Lei non c'è, non c'è! Perché non c'è? Dovrebbe essere di turno, ma non c'è, per colpa della sua vigliaccheria l'ha perduta per sempre. Lo sconforto lo assale come una bestia feroce, ferito si piega su stesso e capisce il grande errore ce ha commesso nel non farsi avanti prima. Con il cuore in gola si alza e lentamente inizia a dirigersi verso la macchina, gli fa compagnia il rumore dei suoi passi. I suoi piedi vanno avanti in autonomia, non è lui a guidarli, non ne ha la forza. Nel silenzio della notte altri passi si odono da lontano, sono diversi dai suoi, più svelti e gioiosi, una figura si avvicina sempre di più, sta correndo verso di lui, indossa un abito giallo che svolazza e si gonfia come una nuvola. Qualcosa gli dice di fermarsi, una ragazza si avvicina correndo a perdifiato, arrivata davanti a lui si ferma di scatto e ansimante per la corsa riesce solo ad esclamare "Ho fatto tardi!"

Solo una cosa c'è da fare, le parole verranno dopo, con calma, adesso quello che desidera è soltanto stringerla forte a sé, perché la paura che ha provato credendo di averla perduta è stata troppo forte.

"Sei in perfetto orario, invece!"

DA LASSU' SI VEDE IL CUPOLONE

Stasera il freddo è pungente, esce il fumo dalla bocca, quanto mi piace! L'inverno è la mia stagione preferita, il periodo dei cappelli colorati e spesso imbarazzanti, le sciarpe morbide con le frange, i guanti e gli stivali: adoro gli accessori. Mi piace scegliere con cura i vestiti, il cappotto da abbinarci e gli orecchini da indossare; d'estate ci sono così poche cose da mettere che mi sento frustrata. Poi d'estate bisogna scoprirsi, non mi piace. Spesso faccio finta che mi piaccia, per essere come gli altri, per confondermi, ma il mio regno è quello dei maglioni morbidi e accoglienti.

Quanto mi piace questa strada, è stata sempre la mia strada preferita, è magica. E quando dico che è magica non sto facendo retorica, lo è davvero! La magia in questo caso risiede nei nostri occhi. Fin da piccola mi è sempre piaciuto quando papà ci portava qui di sera, era ipnotico. "Guardate avanti, più ci avviciniamo e più la cupola diventa piccola, ora invece torno indietro, più ci allontaniamo e più la cupola diventa grande" come prima reazione credevo mi prendesse in giro e che mi avesse talmente influenzato da stregare i miei occhi ma poi eccolo lì, il cupolone si allontana e poi si avvicina, mi stropiccio gli occhi, è proprio così, è una magia!

Con gli anni ho imparato che quel tipo di trucco si chiama gioco di prospettiva, dipende dalla maestria di artisti ed architetti. Com'è bello quassù, si respira una tranquillità anomala, qui sotto c'è via Gregorio VII, è sempre trafficatissima, ma qui su invece tutto è ovattato, sembra di entrare in un teatro, i palazzi fanno da quinte e lì, sul palcoscenico, la cupola di San Pietro. Ogni volta che ricevo amici in visita a Roma li porto qui, rimangono sempre incantati, sono felici, mi ringraziano, hanno visto una cosa incredibile.

Ogni volta che passo di qua devo per forza fare tutta la strada, è un richiamo irresistibile, devo vedere la cupola che passeggia nello specchietto retrovisore della mia macchina. Eccomi qui stasera, avvolta nel mio sciarpone color ocra, guardo la cupola, si avvicina, com'è bella da quassù. Da così in alto non l'avevo mai vista, quelle luci giallo caldo sono ipnotiche, mi avvicino talmente tanto che mi sembra di toccarle, sembra quasi che mi stia scottando le punte delle dita come quando si tocca la fiammella di una candela. l'aria è fredda stasera, eppure mi sembrava di aver acceso il riscaldamento in macchina. Il pizzicore del mese di dicembre sulle guance mi riporta alla realtà, sto cadendo, ma cadendo da dove? Sto sognando? L'impatto è violentissimo, non mi ricordo niente, il freddo, quello sì, quel freddo che ti gela dentro. Fa freddo qui sull'asfalto, voglio alzarmi, non voglio stare qui, mi sento sola. Perché le mie gambe, le mie mani non si muovono? Che succede? Che cos'è questo silenzio? Ora ricordo, ero venuta qui per vedere lui, avevo paura di andare in un locale, paura che facesse una delle sue solite piazzate, che la gente ci guardasse. Gli avevo proposto via Piccolomini, magari l'affetto che provo per questo posto mi avrebbe aiutato a stare calma e serena, a mantenere il mio punto. Sono stanca degli abusi, stanca degli insulti, sono stufa di dover dar conto sempre di dove sono, cosa faccio e con chi sono, persino a lavoro mi devo giustificare. C'è voluto tempo e tenacia ma finalmente vedo una luce in fondo, non è vero che non mi amerà mai più nessuno come dice sempre lui, ci sono tante persone che mi hanno a cuore, basta solo avere la voglia e il coraggio di lasciarsi voler bene. Per mesi mi ha manipolata e soggiogata, mi aveva convinta che tutte le menzogne che mi diceva fossero vere ma adesso lo so, sono una donna forte e caparbia, ho la mia testa, il mio cuore, il mio carattere...non mi manca niente, ce la farò.

Piange, mi guarda con quello sguardo che più che dispiacere trasmette rabbia, versa lacrime amare, le vedo scavargli il viso quasi come se fossero corrosive; ma io non devo cedere, so come andrà, oggi piange e domani il mio calvario ricomincerà da capo. "Ce la puoi fare" dico a me stessa, è tutto un film già visto, un libro già letto, sta recitando il suo solito copione, pensa a tutte le umiliazioni che ti ha inflitto, a te, una donna che si è sempre sudata ogni piccolo successo che ha guadagnato, una donna che cammina per le strade della vita sempre a testa alta perché tutto quello che ha, l'ha cercato con forza, l'ha voluto e l'ha ottenuto con grandi fatiche. "Tieni duro". Stringo i pugni e mi ripeto questo mantra "è la cosa giusta". Ignorando i suoi lamenti e le sue grida rabbiose salgo in macchina, chiudo la portiera e mi affretto ad andar via, sorrido, ce l'ho fatta, guardo dallo specchietto il cupolone, si allontana, gli parlo "stasera sei testimone del mio coraggio!" inversione a u, riguardo nello specchietto ora il cupolone si avvicina, ingrano la terza, "mi serve un po' di musica che mi tenga compagnia" accendo lo stereo e con l'altra mano afferro la cintura di sicurezza, un rumore sordo, i fari da dietro, la cupola, l'asfalto, fa freddo.

Che cosa sia successo non l'ho capito bene, c'è gente, tutti intorno a me, mi guardano e parlottano "Ma che vogliono?" Odio gli occhi della gente su di me, non mi sento a mio agio. Colgo al volo qualche parola "attacco di ira" "poverina" "era così bella e giovane" "certo però è stata stupida e venire qui da sola". Stupida.... Non lo so, non mi ci sono mai sentita, apprezzo l'onestà e la sincerità, mi piace la solidarietà, mi definisco una persona empatica, mi piace aiutare gli altri, prendermi cura delle persone che mi stanno a cuore. È forse questa la definizione di stupida? Mah, tanto cosa importa ormai?!

So solo che quel viaggio che volevo fare non lo farò, quella famiglia che volevo avere non l'avrò, i bambini che volevo crescere non li crescerò, chissà di che colore avrebbero avuto gli occhi... c'era quel cappotto colorato che volevo, stavo risparmiando per poterlo compare, e la tombolata di Natale con i colleghi della prossima settimana... c'era voluto così tanto a trovare un giorno che andasse bene per tutti, che peccato! Chissà se gli mancherò...

Attacco d'ira... ma che vuol dire? Non capisco, non lo capirò mai.

IL SOLDATO LIBERATO

Lo studio me lo ricordo bene anche se ormai quella stanza non c'è più. La stanza segreta dove nonno Liberato si rifugiava a scrivere con la sua Olivetti 32. Mio nonno su quella macchina da scrivere ci viaggiava, tornava indietro e riviveva episodi della sua infanzia, della sua giovinezza e del periodo della guerra. Sì, la guerra, perché nonno l'aveva fatta la guerra anche se non ne parlava mai. Per me "guerra" era soltanto una parola astratta, almeno fino alla morte di nonno nel 2000, quando mio padre aprì lo studio e trovò questo insieme di fogli battuti a macchina, dal titolo Vita e Ricordi di Liberato Pietrosanto. Tutto quello che non ci aveva mai raccontato l'aveva messo lì dentro, i suoi pensieri, le sue paure e tutte le persone che aveva incontrato lungo il suo cammino. Questo mi colpì molto, la precisione con cui citava tutte le persone che avevano preso parte agli episodi che narrava, sembrava quasi volerle riportare alla memoria. Nomi, cognomi ed anni di nascita dei compagni di classe, degli amici e dei commilitoni, tutti meritavano uno spazio, tutti avevano contribuito alla sua storia e tutti meritavano uno spazio tra le sue pagine

Per capire quanto gli avvenimenti della guerra siano stati importanti nella vita di mio nonno basta prendere in mano quel diario, con le pagine ingiallite e dai bordi consunti, subito salta all'occhio la cesura che egli ha imposto alla narrazione, lo spartiacque che lui vedeva nella sua vita. La prima parte, "Dall'asilo presso le suore al richiamo alle armi" e la seconda parte, intitolata "Richiamo alle armi, prigionia e ritorno", si apre con il giorno 25 settembre 1941, primo giorno di vita militare. Da quel 25 settembre ne passeranno molti e mio nonno ci porta per mano lungo la sua storia di soldato, un soldato come tanti, fiaccato dalle marce sotto la pioggia, spaventato dalle imboscate dei ribelli albanesi.

Il 29 gennaio 1943 mio nonno e tutto il suo reggimento sbarcarono a Durazzo e subito il racconto si fa più vivo, più terrificante, marce infinite con zaini fardellati e colpi di cannone che risuonano nella notte. Questo è il momento in cui la paura inizia davvero a presentarsi nel cuore dei soldati. All'inizio del febbraio del 1943 il reggimento viene attaccato dai ribelli che li costringono alla resa e li disarmano, un caporale viene ferito a morte e a questo proposito mio nonno scrive "Questo grave fatto lo devo ricordare per tutta la mia vita, ovvero di essere scampato al pericolo e alla morte". Il racconto prosegue con doverosa oggettività, riportando i fatti come una vera e propria cronaca di guerra ma, nel Giugno del 1943, stremato dalla guerra e dal dispiacere per la perdita di compagni e amici si lascia sfuggire un altro commento personale, l'unico commento possibile per chiunque abbia vissuto momenti di guerra possa fare "Giorno 10 Giugno 1943, Giovedì, inizio del quarto anno di guerra, e speriamo che in quest'anno si abbia una pace totale in modo che ogni cuore di soldato italiano possa tornare a casa. Ormai credo di aver fatto a sufficienza il servizio militare". Ma da quel giorno gli eventi lentamente precipitarono e pochi giorni dopo mio nonno scrive "Ultimo giorno in cui potei fare i diari giornalieri perché non si capiva più niente: alle armi sia di giorno che di notte, le bande di ribelli non ci lasciavano né pace né tranquillità". Gli eventi si susseguono velocemente, e, senza che i soldati se ne rendano conto si trovano pressati su vagoni bestiame, schedati, fotografati e traferiti al campo di prigionia di Wolfen, Germania.

Sul numero degli internati nel Terzo Reich, le stime oscillano tra 500.000 e le 750.000 unità, ed in quel numero, di cui riusciamo oggi a fare soltanto stime, era compreso anche mio nonno Liberato Pietrosanto. Dal primo capoverso dedicato alla vita militare, scritto il

25 settembre 1941, si sussegue un elenco di piccoli paragrafi, niente titolo, solo numeri, fino ad arrivare al cinquantottesimo, un capitolo speciale, degno di avere un titolo: "Armistizio 8.9.1943". Il primo sentimento estemporaneo manifestato alla notizia è la contentezza, la quale però si infrange immediatamente in una situazione a dir poco complicata, o come scrive mio nonno, ricca di ogni tribolazione. Lontani dalla madre patria, con informazioni frammentarie, i soldati subito si ritrovano abbandonati al loro destino, sotto il fuoco dei ribelli albanesi e ora anche dei Tedeschi. Non c'è tempo di capire cosa stia accadendo, chi ieri era alleato oggi spara a vista. Il battaglione, rifugiatosi all'aeroporto di Gorizza (Corizza- Albania) subisce continue intimazioni da parte dell'esercito tedesco al fine di farli arruolare nelle loro fila, dopo i continui dinieghi la soluzione adottata è la decimazione, nel diario mio Liberato racconta di 4 ufficiali, 6 sottoufficiale e 10 soldati fucilati. Il 15 ottobre la situazione precipita rapidamente, il reggimento viene incolonnato e costretto a marciare per due giorni e due notti alla volta di Florina (Grecia). Il 18 ottobre, "fummo imbarcati dalla stazione di Florina nei vagoni bestiame, questo viaggio durò 12 giorni, con qualche sosta lungo il tragitto ferroviario, ammassati come le pecore con la fame, il non dormire, il danneggiamento della nostra persona. Che brutto viaggio, se tale lo possiamo chiamare. Eravamo trattati come bestie, anzi gli animali venivano trattati meglio".

"Il 30 ottobre del 1943 arrivai al campo di concentramento tedesco, dove affluivano tutti gli internati militari prigionieri; e lì, ammassati quasi venti mila uomini, con quei continui squilli di microfoni che intimavano loro per convincerli ad arruolarsi nell'arma SS. Altrimenti sarebbero andati a marcire nelle baracche. Venivamo maltrattati, sembravamo i primi condannati ergastolani. Ognuno di noi veniva fotografato, veniva presa l'impronta del pollice insieme a tutte le altre generalità; vaccinate e disinfettate tutte le persone, poiché durante il viaggio fatto all'interno dei vagoni bestiame provenienti dall'Albania

eravamo assaliti dagli insetti, fummo accampati in un grosso capannone contenente 300 persone. In questo campo di concentramento sostammo per un breve periodo di 15 giorni in attesa di uno smistamento nei vari campi di concentramento sparsi in tutto il territorio della Germania." È in questo primo campo di prigionia che mio nonno, accusato da un soldato tedesco di aver sottratto un pezzo di pane, riportò un grave ferita al braccio causata da forti colpi inferti col calcio di un moschetto e che lo vide rientrare in Italia come invalido di guerra.
Nel novembre, Liberato e circa altri 950 prigionieri vengono trasferiti a quello che rimarrà per circa due anni il loro domicilio coatto, il campo di Wolfen. Vengono qui costretti a lavorare in una fabbrica, vessati e maltrattati dai soldati tedeschi, i quali sembravano divertirsi a "misurare la temperatura come si misura alle bestie" e ad effettuare loro clisteri con strumenti inadeguati.
"Nell'anno 1944, in seguito all'intervento di Benito Mussolini, non eravamo più classificati come prigionieri ma come internati militari e non venivamo più legati né accompagnati dai soldati tedeschi"
Le giornate scorrono, una uguale all'altra, senza sapere se e quando si potrà tornare ai propri affetti, cercando di tenere il morale alto nonostante le poche forze dovute al poco cibo e al lavoro faticoso, il fine ultimo è rimanere in forze ed evitare a tutti i costi l'infermeria.
"Avevo paura di andare all'infermeria per paura che quella canaglia di infermiere potesse farmi qualche altro brutto scherzo, che lui era solito fare a noi poveri pazienti. E come lui, tutte quelle canaglie Germanesi. Quando uno di noi si ammalava, poiché le speranze di partecipazione erano vane, l'infermiere, sempre dietro ordine dei Tedeschi faceva una iniezione a favore della morte [...] adesso solo a scrivere e ricordare dei divertimenti sulla nostra carne mi vengono i brividi". Ma il lavoro, la mancanza di cure adeguate e le scarse condizioni igieniche peggiorarono molto la ferita che mio nonno aveva riportato al braccio, tanto da essere obbligato a recarsi in infermeria. Ed è in quel luogo che il vero terrore si impadronisce di

lui "E stavo lì degente nel letto, e vedevo allo stesso tempo molti miei compagni che morivano: era veramente una cosa impressionabile, ero molto spaventato. Mi chiedevo continuamente tra me e me se prima o poi sarebbe toccata anche a me la stessa sorte, perché quelle canaglie ti facevano toccare con mano la morte, e non solo perché il cimitero distava solo 300 mt dall'infermeria. [...] le parole erano queste, tra un'ora un italiano va all'altro mondo, così dicevano nei miei confronti e questo bastava ad aver paura di morire tutti i santi giorni." Dopo mesi di degenza e la minaccia di amputare il braccio per risolvere il problema, il 15 maggio 1945 Americani e Russi occuparono la città di Wolfen "Da questi due colossi ricevemmo abbracci e baci, ci portavano tutti i giorni tante cose da mangiare, cioccolate, caramelle, polli: che trattamento!". L'8 giugno Liberato rimette finalmente piede in Italia e la gioia, nonostante gli 8 giorni di viaggio in treno e la ferita infetta, è incontenibile, "fummo ricevuti dagli Italiani con grande onore e cortesia: che gioia era per noi ritrovare la vera terra italiana!" Dopo circa un mese di degenza all'ospedale militare di Bolzano, il 12 luglio 1945 mio nonno torna nel suo paese, Moiano (Bn), mia nonna, impegnata a lavare i panni alla fontana, riceve grazie al passaparola la notizia e corre a casa, con al seguito mia zia Annamaria, la bimba che mio nonno aveva visto soltanto appena nata.

Appena tornato in salute mio nonno fu impiegato come bidello della scuola elementare di Moiano fino alla pensione. Ma La vera vocazione la trovò quando divenne presidente dell'associazione Invalidi e Mutilati di Guerra sezione di Moiano, finalmente aveva trovato un posto dove far valere la sua cultura e il suo ingegno. Ottenne una delega per esercitare le pratiche di pensione ed iniziò quindi ad aiutare tutti i concittadini che si trovavano in difficoltà e non riuscivano ad ottenere ciò che spettava loro. Si recava spesso a Roma, viaggiando rigorosamente sul treno notturno in modo da non aver bisogno di riservare un alloggio, di buon mattino si recava negli uffici pronto ad ottenere ciò che voleva. Se penso a quanto è intricata la burocrazia, e lo è ancor di più per persone residenti in piccoli paesi, mi rendo conto di quanto bene abbia fatto mio nonno in quel periodo. Una lista sconfinata di successi, perché finché non riusciva ad ottenere ciò che al suo assistito spettava non demordeva, in ultima inviava lettere ad alti funzionari fino ad arrivare a volte al presidente della Repubblica. A quel tempo a casa nostra c'era un continuo viavai di persone riconoscenti che ringraziavano come potevano, a volte era un litro d'olio o di vino, a volte era un pollo o delle uova. Erano tempi in cui la solidarietà era alla base della società, tempi in cui la riconoscenza era grande, molto più grande delle possibilità economiche.

L'attività dell'associazione era fervente, la sede stabilita era lo studio nonno nella casa di famiglia, ci si barricava per ore ed organizzava eventi e commemorazioni. Scriveva discorsi che poi avrebbe proclamato in pubblico, discorsi che provava e riprovava a casa con la sua famiglia, tanto da annoiare e far innervosire i familiari a forza di sentirlo ripetere. Non passava una ricorrenza legata alla vita militare che non venisse onorata, si occupava personalmente di organizzare sfilate con i soldati per onorare la memoria dei caduti, quando non trovava militari in città faceva indossare elmetti a reduci di guerra ed addirittura chiedeva ai militari in licenza, in quel momento a casa per visitare la famiglia, di indossare l'uniforme e partecipare alle sfilate. Mio nonno era legatissimo a questo tipo di eventi, ricordo che ogni anno, il 9 settembre, ci teneva che tutta la famiglia fosse pronta a partecipare alla deposizione della corona di alloro sul monumento ai caduti del comune di Moiano, la sfilata iniziava dalla chiesa per arrivare fino alla piazza, il corteo era preceduto dalla banda, con i reduci e i militari e tra loro la bandiera tricolore, di cui nonno era il custode, sventolava fiera.

Non ho mai avuto la possibilità di chiedere a mio nonno perché fosse così legato a questo tipo di eventi, se gli risultasse doloroso ripensare ai momenti della guerra, se il suo intento fosse principalmente quello di onorare la memoria dei compagni che aveva visto cadere in battaglia, o magari quello di sensibilizzare i più giovani su quanta sofferenza e sacrifici quell'evento che ormai si studiava sui libri di storia avesse provocato. Mi piace pensare che anche se mio nonno non era ciò che si definisce un gran chiacchierone abbia voluto lasciare questo diario per noi, per farci capire tutti i pericoli che aveva corso, le difficoltà che aveva affrontato e la tenacia e la prontezza di spirito che l'avevano tenuto lucido anche nei momenti più bui, spingendolo a resistere e combattere per tornare a casa dalla sua famiglia. Quella di mio nonno non è sicuramente l'unica storia, ce ne sono altre, ce ne sono tante, ce ne sono troppe, la maggior parte mai raccontate. È nostro preciso dovere, ricordare e raccontare, perché è attraverso la memoria che possiamo costruire un futuro più giusto. Mio nonno non ha mai raccontato questi fatti, forse non ne ha mai avuto il coraggio o la forza, forse li aveva usati tutti durante la sua prigionia per salvarsi; ma riteneva comunque che noi dovessimo sapere, che dovessimo ricordare e così che ha affidato tutta la sua memoria alla sua Olivetti 32, memoria riscoperta dai suoi discendenti soltanto dopo la sua morte.

*il testo precedente è stato tratto dall'articolo *Gli IMI ricordano: scritti e riflessioni dai lager nazisti* pubblicato sulla rivista Giano, Storia Memoria Ricerca, numero 6 – Dicembre 2020 e riadattato per questa antologia. Le citazioni sono tratte dal diario inedito Di Liberato Pietrosanto

Note del curatore

Negli scritti di Marta Pietrosanto risulta evidente la passione per la ricerca, non solo dal punto di vista storico e dello stile, ma anche del contesto descrittivo. Intorno alle sue parole ci sono scenografie ottimamente delineate e un'ampia visione di insieme. Altra peculiarità di Marta è quella di spostare l'attenzione di chi legge sempre più in là, lasciando intuire che c'è ancora qualcosa da capire.

Sono racconti che si leggono in apnea, per essere riletti successivamente con più calma. Questo è il suo talento: non far staccare gli occhi dalle parole scritte.

Adriano Albanese

ALDO ZAMPIERI

Aldo Zampieri presentato da Michele Franco

Aldo Zampieri è "nato" in teatro: ancora in fasce, in braccio alla mamma attrice e col papà attore, era già in scena. A 7 anni l'esordio vero, e da lì è partita una vita intensissima, sul palco e fuori dal palco. Diciotto anni fa ci conoscemmo grazie alla comune amica Paola. Con Aldo ho iniziato il percorso teatrale, mentre frequentavo contemporaneamente le diverse scuole di recitazione cinematografica. Gli devo davvero tanto: ciò che ho appreso da lui, in cinque anni di attività insieme, è stato fondamentale per il mio percorso attoriale. E poi è rimasta l'Amicizia, intatta: ogni volta ritrovarsi è piacere autentico, e il pranzo insieme è stato uno splendido modo di festeggiare questo Natale.

Michele Franco

NOE', IL GRAN PATRIARCA, SALVATO DALL'ARCA, SAPETE PERCHÉ?

Nota del curatore: il testo è la trascrizione di un copione teatrale. che ha richiesto un adattamento grafico diverso dagli altri.

Il vecchio UTNAPISHTIM. Noè, per gli amici, impiegò una settimana per smaltire la sbornia.

L'aveva presa brutta quella volta, con la scusa che c'era il vino nuovo da assaggiare. Quando riemerse dalle nebbie dell'alcool i due figli buoni lo misero subito al corrente di quello che era successo.

«Guarda che Cam ha riso di te» riferì Japhet, che non perdeva occasione per parlare male del fratello. «Ti ha visto nudo e ha detto che quando non si regge il vino è meglio stare a casa, invece di andare in giro a combinare disastri», rincarò la dose Sem, che era tutto contento quando poteva mettere zizzania.

La moglie di Noè, che per Cam aveva un debole, tentò di minimizzare.
«Ragazzate!» disse; «Non vorrai prenderlo sul serio!» Ma Noè che si era alzato con la luna di traverso: (gli capitava sempre, quando la sbronza era stata colossale) la prese sul serio. Afferrò la più robusta delle sue clave e andò in cerca del figlio degenere, per dargli una lezione. Ma, Cam, scappò nei boschi e il padre, che non aveva voglia di correre, rinunciò alle bastonate, limitandosi a lanciargli una sonora maledizione. «Che l'uomo che ha mancato di rispetto a suo padre vaghi ramingo per il mondo, odiato da tutti», Cam rispose con una sonora risata e corse nella grotta di Stella Cangiante, una fanciulla niente male, famosa per la sua bontà d'animo. Era talmente buona che non riusciva a dire di no a nessuno.

Cam giacque con la fanciulla, si solazzò parecchio, e alla fine, si addormentò. Si svegliò all'alba, destato di soprassalto da un urlo di Stella Cangiante. «Che cosa succede?» esclamò, saltando giù dal giaciglio. Stella cangiante, con una clava in mano, lo guardava terrorizzata: «Va via! Io non ti conosco! Non so chi sei!»

«Ma come? Se poche ore fa mi hai chiamato passerottino e mi hai deliziato con le tue carezze!» «Fuori!» strillò la fanciulla, roteando minacciosamente la clava. Cam, che non aveva voglia a quell'ora antelucana di affrontare una discussione, raccolse da terra la sua pelle di bisonte, se la buttò sulle spalle e uscì dalla grotta. Sarebbe andato sotto la grande quercia, dove si ritrovavano tutti i perdigiorno del villaggio, tra i quali avrebbe incontrato gli amici per le rituali quattro chiacchiere prima dell'ora di pranzo.

Quando arrivò alla grande quercia non fece nemmeno in tempo a salutare. I ragazzi, dopo averlo guardato con facce spaventate, scapparono a gambe levate. «E che?» pensò Cam sconcertato. «Ho la lebbra?» si avviò al laghetto; e tutti quelli che incontrava, dopo averlo ben guardato scappavano urlando dallo spavento. Dente che dondola, la più vecchia del villaggio, nel vederlo, raccolse da terra una pietra e gliela tirò, mirando alla fronte. Fortunatamente, per Cam, era mezza cieca e sbagliò la mira.

Finalmente, raggiunto il laghetto, Cam si specchiò nelle limpide acque...

E fu un miracolo se non gli venne un colpo. Era diventato nero come il carbone. Tentò di lavarsi, ma il nero non se ne andava. Infuriato, tornò da Stella Cangiante. Per prima cosa la colpì con un diretto in piena fronte, per farle passare la voglia di maneggiare la clava. Poi, stringendola con forza alle braccia, la apostrofò: «Accidenti a te, piccola deficiente! Si può sapere che razza di scherzo mi hai combinato?»

«Di che scherzo vai parlando?» balbettò Stella Cangiante.

«E hai il coraggio di chiedermelo? Ieri sera quando sono venuto da te, la mia pelle era candida come il latte di un agnellino, e questa mattina mi ritrovo la faccia scura come una notte senza luna...» «Ah, eri tu?» esclamò Stella Cangiante. «E chi volevi che fosse?» «Che ne so? Entra tanta gente, soprattutto la notte, nella mia grotta!»

«Taglia corto! Dimmi subito che razza di tintura hai adoperato, e che cosa devo fare per togliermela dalla pelle. Questa sera ho un movimento nel vicino villaggio e voglio presentarmi nella mia forma migliore»

«Guarda che io non c'entro» disse Stella Cangiante. «Se sei diventato tutto nero la colpa non è mia. Ti è andata bene che non è ancora sorto il KU KLUX KLAN, altrimenti sarebbero stati guai grossi per te. In ogni caso, levati dai piedi. E non farti più vedere fino a quando non avrai ripreso il tuo colore natura»

Cam si rese conto che la ragazza non gli sarebbe stata di alcun aiuto, e se ne andò. Tornò in riva al lago si tuffò nell'acqua, si sfregò la pelle con la sabbia fino a farla sanguinare, ma quando si specchiò si vide come prima. Anzi, sembrava diventato ancora più nero. E i suoi bei capelli biondi, dei quali era sempre stato orgoglioso, si erano trasformati in ricci crespi e ispidi come fili di rame. Le labbra poi, erano diventate grosse come salsicciotti. Per saperne di più corse da Talpone, il saggio del villaggio, forse l'unico che avrebbe potuto dargli una risposta. Talpone era cieco, e non sarebbe scappato davanti a lui.

Il cieco stava grattandosi la testa, alla ricerca delle pulci e altri insetti vari. Quello era l'unico divertimento che gli fosse rimasto, dopo che aveva perso la vista. In compenso l'udito lo aveva finissimo, e sentì i passi di Cam che si avvicinava.

«Che cosa vuoi?» domandò, senza nascondere l'irritazione. «Lo sai che io ricevo solo di pomeriggio: E solo su appuntamento.» «Essere un gaso di emergenza, Dalbone!» disse Cam. «Soldando du mi bodere aiudare» «Come accidenti parli?» domandò Talpone. «E chi sei?»

«Gome non mi rigonosci? Sono Gam»

«Con quella voce? Che cosa ti è successo? Hai preso il raffreddore, a forza di andare in giro la notte?» «No, Dalbone... sono divendado duddo nero...» «Ma no?» disse scoppiando a ridere Talpone.

«Brobrio gosì... e adesso voglio dornare biango...» «Ehh, non è facile. Deve esserci sotto un sortilegio» disse con fare misterioso Talpone.

«Gualguno mi ha faddo la faddura?» chiese Cam.

«Non credo! Hai ricevuto qualche maledizione, ultimamente?» «Si! Ieri. Quel vegghio pazzo di mio padre, lui e la sua dannada barga in cima alla mondagna. Mi ha malededdo, il basdardo!"

«E questa volta la maledizione è giunta a segno. Capita molto raramente, una volta su un milione, ma quando capita non c'è niente da fare. Devi averla combinata grossa al vecchio!»

«Nemmeno Bagando?» domandò Cam con l'ultimo filo di speranza.

«Nemmeno per tutto l'oro del mondo. E adesso vattene, che ho da fare»

Cam corse a nascondersi nel bosco e pianse lagrime amare. Nessuno avrebbe più voluto parlare con lui e le ragazze non gli avrebbero più rivolto i loro radiosi sorrisi. Persino gli animali della foresta incontrandolo, fuggivano terrorizzati. Non si era mai visto sulla faccia della terra un essere umano dalla pelle nera.

Cam, dopo avere esaurito tutte le lagrime, lasciò il bosco e si allontanò dal villaggio. Avrebbe vagato lungo le strade del mondo, alla ricerca di un posto nel quale la gente lo accettasse così com'era, con la sua pelle nera, i labbroni grossi come salami e i capelli crespi. Sarebbero trascorsi decenni prima che si sentisse nuovamente parlare di lui. Le ultime notizie lo daranno ramingo nel Continente Nero, perennemente alla ricerca di un posto nel quale stabilirsi.

E tutto perché aveva osato ridere del vecchio padre. Ma di chi si deve ridere, se non si può neanche prendere in giro gli ubriaconi?

Noè, intanto, continuava a costruire la sua nave. La fece bella grande, in modo da poter accogliere qualche animale, tanto per avere qualche cosa per mangiare per tutto il tempo della navigazione. Ogni tanto, quando si sentiva stanco, chiedeva a qualche abitante del villaggio di aiutarlo, ma nessuno gli dava retta. Persino i vecchi, con i quali era cresciuto e che avevano sempre diviso il vino con lui, quando lo vedevano scuotevano la testa. «Vieni a bere un goccetto» gli dicevano ogni tanto, ma Noè teneva duro. Ormai portare a termine la barca era diventato un fatto di prestigio, per nessuna ragione al mondo avrebbe interrotto la lavorazione a metà, tra l'altro, vedendola crescere, gli piaceva sempre di più. Era una bella barca, costruita con legno solido e sufficientemente stagionato.

Intanto il cielo era sempre più azzurro e gli animali della foresta si trascinavano stancamente alla ricerca di qualche polla d'acqua. «Sta a vedere che ho sbagliato tutto!» pensava ogni tanto Noè. «Oh! Qui se non comincia a piovere, ho sprecato tempo e fatica per niente. E diventerò il buffone del paese!»

La barca finì, rifiniture comprese, e ancora il cielo si manteneva limpido. Noè stava già pensando all'uso che avrebbe potuto farne, tanto per ammortizzare le spese, ma a che cosa può servire una nave lontana dall'acqua? Forse avrebbe fatto meglio a costruirsi un bel modellino, da mettere sul comodino...

Anche Sem e Japhet stavano perdendo la pazienza. Avevano lavorato sodo, per rispetto del padre, ma adesso incominciavano a non poterne più. Poi, all'improvviso, accadde qualcosa.

Un lampo attraversò il cielo e il rumore del tuono riempì la valle. Noè guardò in su e ricevette in piena fronte "TIC" una bella gocciolina. "Ci siamo!" pensò. Il suo momento era giunto e più nessuno avrebbe riso di lui. Anche sua moglie guardò il cielo, respirando l'aria, e alla fine emise la sentenza: «Sono soltanto quattro gocce. Tra mezz'ora sarà tutto finito.»

Fu a questo punto che Noè seppe di non aver lavorato inutilmente. Le parole di quella menagramo di sua moglie gli restituirono il buon umore. «Raccogliete un po' di animali, ragazzi.» disse a Sem e Japhet. E i bravi ragazzi ancora una volta obbedirono. Corsero nella foresta e radunarono tutte le bestie che incontrarono.

Piovve per quaranta giorni e per quaranta notti. Quando l'acqua raggiunse la cima della montagna la barca, che Noè aveva battezzato: "*ARCA*" perché gli piaceva il nome, incominciò a galleggiare.

Anche se aveva già passato da un pezzo i seicento anni, il grande patriarca; quando non ci dava dentro col succo della vite, sapeva ancora far lavorare il cervello e lo dimostrò salvando la sua famiglia e tutti gli animali del creato.

Certo, quaranta giorni e quaranta notti su una barca alla deriva su una distesa infinita d'acqua furono tutt'altro che gradevoli. Tra l'altro gli animali, poco abituati a stare al chiuso, strepitavano ventiquattro ore su ventiquattro. Soprattutto i LINCODERMI, bestioni giganteschi, con la testa al posto della coda e la coda al posto della testa, che non facevano che ululare in continuazione. Il loro, tra l'altro, era un ululato gradevole, con tonalità che andavano dal basso al sovracuto. Gli innamorati, nelle notti di luna piena, andavano nella foresta tenendosi per mano e ascoltavano il canto dei LINCODERMI, che si diffondeva nell'aria accompagnato dall'ululato del vento. Ma anche il canto dei LINCODERMI, a lungo andare, veniva a noia. Soprattutto quando gli enormi bestioni, innervositi dall'immobilità, ci davano dentro con i sovracuti. Fu per questo motivo che, quando finirono le provviste, i LINCODERMI, maschio e femmina, furono i primi a essere sacrificati e cucinati allo spiedo. La loro carne, soprattutto quella della femmina, si rivelò squisita. Mai nessuno, date le loro dimensioni, aveva pensato a cacciarli, e ormai, eliminati gli ultimi due esemplari esistenti, era troppo tardi. «Peccato non averci pensato prima» commentò Noè, che col trascorrere degli anni era diventato un buongustaio.

I LINCODERMI non furono gli unici animali sacrificati alle esigenze della tavola. La sorte dei bestioni venne seguita dagli EPISTEFANIDI, uccelli talmente belli che la gente, quando li vedeva passare alti nel cielo, smetteva di lavorare e si fermava a guardali. Una volta, in occasione del passo di uno stormo gigantesco di EPISTEFANIDI, tutti erano tornati a casa con il torcicollo. Dopo gli EPISTEFANIDI fu la volta dei PROTOSFERICI, pesci d'acqua zuccherata, c'erano anche mari di acqua zuccherata, a quei tempi. Furono tutti prosciugati dai nostri progenitori, che se li bevvero senza pensare ai posteri, dalle carni dolcissime. Peccato che fossero pieni di spine.

Se il diluvio universale non fosse finito alla svelta la terra sarebbe rimasta senza una sola specie animale. Fortunatamente all'alba del quarantunesimo giorno smise di piovere e Noè, portata a termine onorevolmente la missione che gli era stata affidata, poté concedersi un goccetto, mentre sua moglie e i suoi figli provvedevano a far uscire gli animali.

Molti animali, tra i quali i MAMMOUTH, di gran lunga più piccoli dei LINCODERMI e meno buoni da mangiare, sprofondarono nel fango, e ci vollero intere giornate di lavoro per disincagliarli. Altri, come i pesci, rischiarono di morire per mancanza d'acqua, e la moglie di Noè fu costretta a rimetterli nelle vasche che aveva preparato per loro sull'Arca. Tra l'altro i pesci, quelli in grado di pensare, come le Sogliole e le Ombrine. Ancora oggi si domandano per quale motivo fossero stati portati sull'Arca. I loro confratelli, che non erano stati salvati, avevano diguazzato in un universo tutto loro, e stavano benissimo.

Meglio di loro in ogni caso, che ogni giorno erano stati assaliti dal terrore di venire presi e messi in padella.

Alla fine, disincagliati i MAMMOUTH e riportati i pesci, i pochi sopravvissuti, nel loro elemento naturale, Noè e i suoi figli diedero inizio ai lavori di ricostruzione.

«Giacché dobbiamo rifare il mondo» annunciò il patriarca, «Cerchiamo di rifarlo meglio di com'era prima. Tanto per cominciare, cerchiamo un posto nel quale sistemarci, che non sia né troppo caldo né troppo freddo. Alla mia età e con i miei reumatismi, preferisco un clima secco.» Venne accontentato. È questo il vantaggio, nell'essere patriarca; basta esprimere un desiderio, e tutti si affrettano a esaudirlo. I suoi figli e le sue nuore scelsero per lui una bella valle, dalle parti di SENNAAR. Noè approvò la scelta. «È un buon posto» disse «Adesso datevi da fare a mettere al mondo il maggior numero possibile di figli. Intanto, nel tempo libero, costruite una città, che sia la più bella della terra.»

Qualcuno avrebbe voluto fargli notare che, dal momento che non ce n'erano altre, e non ce ne sarebbero state per parecchi secoli, sarebbe stata in ogni caso la più bella. Ma, conoscendo la suscettibilità del vecchio, tacque. E tutti si misero a fabbricare mattoni, con i quali costruirono case per loro e per i figli che sarebbero venuti. Fecero le cose con giustizia, assegnando ad ogni dimora il suo pezzo di terreno, uguale per tutti, in modo che non sorgessero mai litigi.

Noè visse fino a Novecentocinquant'anni, circondato dai nipotini ai quali ogni sera, attorno al fuoco, raccontava la storia dell'Arca e del salvataggio delle specie animali.

«Dovevi salvare proprio anche i pidocchi?» gli chiese una sera MOSOC figlio di JAPHET, il suo nipotino prediletto, grattandosi furiosamente la testa. «Quelli li ho salvati senza volerlo» rispose Noè, grattandosi a sua volta la lunga e folta barba. «Li avevo addosso, i maledetti.» «E i serpenti?» incalzò ELISA, che proprio il giorno prima aveva incontrato una vipera ed era scappata terrorizzata. «Quelli si sono infilati nell'Arca all'ultimo istante.» borbottò il vecchio; al quale i serpenti, in fondo. Erano tutt'altro che antipatici. Lui, conosceva tutta la storia e sapeva che, senza quel primo serpente, che aveva dato ad ADAMO il frutto proibito, neppure lui sarebbe esistito. Ma come si fa a spiegare certe cose a menti innocenti?

Ogni volta che raccontava la storia dell'Arca, Noè, alias UTNAPISHTIM, anche se in tal modo non lo chiamava più nessuno, la abbelliva di qualche nuovo particolare, naturalmente inventato. Ma non poteva deludere i suoi attenti ascoltatori. E sapeva che ogni storia, anche la più avvincente, dopo la centesima volta che la si ascolta viene a noia.

Inventò, per esempio, che prima del diluvio universale in cielo brillavano due soli. Lui, ne aveva preso uno, per salvarlo, ma si era bruciato le dita e aveva dovuto abbandonarlo. Parlò dell'oca dalle uova d'oro, che aveva dovuto sterilizzare perché il peso dell'oro minacciava di mandare a fondo la barca costruita tanto faticosamente. Parlò del drago che aveva mangiato sé stesso, partendo dalla coda, e alla fine non ne era rimasto neppure un grammo.

Possedeva una fantasia sfrenata, il grande vecchio, e i nipotini si divertivano ad ascoltarlo. Ma col trascorrere degli anni e l'avvicinarsi della fine, anche la bella mente di Noè incominciò a vacillare. Ora, ripeteva sempre le stesse cose, e a volte si contraddiceva. Altre volte, quando aveva bevuto un po' troppo succo d'uva, si addormentava nel bel mezzo del racconto, e i nipotini, che erano due monellacci, ne approfittavano per tirargli le orecchie, e infilargli le zecche tra i peli della barba.

Una notte, dopo essersi appisolato, Noè si svegliò di soprassalto. Si guardò intorno con occhi spaventati e disse. «Tronco Daluba Slongi.» una frase che neppure a quei tempi aveva un significato. «Che cosa ha detto?» domandò uno dei nipotini. «Che ne so?» rispose l'altro. «Aspettiamo che si svegli e lo domandiamo a lui.»

Ma Noè non si svegliò più e per lungo tempo i nipotini si chiesero che cosa avesse voluto dire, con quella sibillina frase in punto di morte.

A quei tempi, gli uomini parlavano tutti la stessa lingua, ed era un bene, perché le cose erano enormemente semplificate. Non esistevano i vocabolari e nessuno, per farsi comprendere, aveva bisogno dell'interprete.
Continuarono a lungo a parlare la stessa lingua, anche quando i figli dei figli misero al mondo a loro volta altri figli, per un numero infinito di generazioni.
La città si era ingrandita, ma ancora nessuno aveva provveduto a darle un nome. D'altronde, essendo l'unica città esistente, che bisogno c'era di battezzarla? A volte qualcuno diceva: «Mi piacerebbe tanto andare a...» poi, si fermava. E sì, perché, dovunque si fosse recato, infatti, non avrebbe trovato altro che il deserto.
Chi fu quel pazzo, che ebbe l'idea di costruire una torre talmente alta da raggiungere la cima del cielo? La storia non riporta il suo nome. L'unica cosa certa è che l'insana proposta incontrò entusiastici consensi, e tutti si misero al lavoro per costruire mattoni.
Non ci fu uno che, saggiamente, dicesse agli altri: «Che bisogno abbiamo della torre? Perché andare in cerca di rogne quando ce ne stiamo tranquilli, ognuno nella sua casa uguale a quella degli altri, con la sua famigliola che aumenta di numero ogni anno?»
D'altronde, anche se ci fosse stato, nessuno gli avrebbe dato retta. Le idee malsane, a differenza di quelle buone, trovano immediatamente udienza presso le masse.
Fu così che tutti gli uomini validi trascurarono il lavoro dei campi e si diedero, anima e corpo, alla ostruzione della grande torre. Che, niente da dire, veniva su che era un piacere

guardarla. Dritta come un fuso e sempre più alta, un enorme dito puntato contro la volta celeste.
Ma "Qualcuno", lassù, non vedeva di buon occhio la nuova costruzione. Abituato dall'eternità a stare in pace, senza nessuno che venisse a ficcare il naso nelle sue faccende private, seguiva con crescente preoccupazione l'avanzare dei lavori. A lungo sperò che la torre crollasse, o che gli uomini si stancassero di lavorare a una cosa che, in definitiva, non sarebbe servita a nessuno. Ma la torre avanzava, avvicinandosi sempre più. E, quel "Qualcuno", quando la cima della costruzione incominciò a fargli il solletico, decise che era giunto il momento di intervenire
Si affacciò dal suo aereo palazzo, guardò verso il basso ed emise la sentenza. «Da questo momento ognuno di voi parlerà una lingua diversa. E non vi capirete più»
E da quel momento è iniziato il Grande Caos.

Note del Curatore

Con Aldo Zampieri entriamo nella Commediografia con questo atto unico scritto appositamente per il Teatro. Uno dei tanti della sua prolifica attività di autore, che spesso lo vedeva come interprete sul palco. Un uomo secolare, prossimo ai cento anni, con molte cose da dire soprattutto in campo artistico, dove si alterna come commediografo, scrittore, poeta e pittore. Una di quelle persone che non smetteresti mai di stare ad ascoltare.

Adriano Albanese

ELISA ZACCHERO

Eccomi! Mi chiamo Elisa. Le mie tasche e i miei cassetti sono pieni di foglietti con appuntati pensieri e idee. Tutti lì in attesa di essere letti ed essere uniti in un racconto. Scrivo, tanto, di tutto. Mi piace scrivere per rileggermi a distanza di tempo.

Ho iniziato a scrivere a otto anni il mio primo diario segreto e da lì non mi sono più fermata. Diari, lettere, racconti, fiabe e appunti sparsi. Scrivo per far uscire le mie emozioni e per mettere in ordine i miei pensieri e i miei ricordi. Ma anche per avere qualcosa da leggere nei momenti di tristezza e sconforto. Lascio libera la mia fantasia e affronto viaggi seduta alla mia scrivania semplicemente con una penna in mano.

"A Valeria, che mi ha insegnato a scrivere e ad amare la lettura.
E ai miei genitori, che mi hanno insegnato tutto il resto"

EGO E ALTER EGO

Lei. Lei è bellissima nella sua gonnellina corta, sensuale con gli stivali alti fino alla coscia. Truccata quanto basta per mettere in risalto i suoi occhioni blu e le sue labbra carnose. I suoi capelli lunghi e ricci le ricadono sulle spalle donandole un fascino elegante.

Lui. Lui è bellissimo. Con i suoi jeans perennemente bucati e la sua collezione infinita di felpe scure. I lunghi capelli corvini raccolti in una coda, hanno ormai qualche sfumatura d'argento che gli dona un fascino ancora più prepotente.

Lei e Lui sono attratti l'uno dall'altra. Da sempre. Dal loro primo incontro, ormai molti anni fa.

Lui e Lei ragionano all'unisono. Si capiscono anche solo scambiandosi uno sguardo.

Insieme sono due animali, che si annusano, si studiano e aspettano il momento propizio per consumarsi in rapporti intensi, totalizzanti e completamente privi di qualsiasi sentimento.

Due anime libere che di tanto in tanto si cercano, si trovano e scopano. Sì, loro scopano. Con tanto di graffi, urla, gemiti degni di un film porno. Eppure non c'è nulla di finto. Sono così veri nelle loro corazze di cartapesta.

Entrambi sono amanti dell'arte del sesso, quello fatto bene, quello fatto per trarne il massimo del piacere. E quando sono insieme è come se i loro corpi fossero in perfetta sintonia. Lui sa esattamente cosa desidera Lei e Lei sa esattamente cosa fa impazzire Lui. Non si risparmiano mai quando sono a letto insieme. E forse proprio per questa sintonia mai provata con nessun altro, sono ancora lì a cercarsi. Ma non si vedono spesso.

Lei e Lui sono molto ambiziosi, hanno dei progetti per le loro vite e ogni giorno lavorano sodo per poterli portare a termine. I più romantici direbbero che fanno di tutto per realizzare i loro sogni, ma quei due sono più pratici e pensano solamente a realizzare quanti più soldi possibili, ognuno con le sue doti, ognuno con le sue qualità.

Lavorano moltissimo Lui e Lei ed è per questo che gli incontri sono sporadici. Perché quando si vedono, vogliono avere a disposizione tutto il tempo necessario per soddisfare a pieno le loro voglie.

Tra loro c'è un tacito accordo, per cui nel momento stesso in cui uno dei due desiderasse di più, la storia finirebbe. Ma a loro quella storia va bene così com'è. Senza domande, senza implicazioni sentimentali, senza paranoie come le definirebbero entrambi.

Sono due anime libere, ma nella loro vita ci sono altri uomini e altre donne. Avventure di passaggio, storie di una notte, di due giorni, di massimo una scatola di preservativi. Oltre non si va perché ciò implicherebbe mettere in gioco un qualche tipo di sentimento. E loro i sentimenti li evitano come la peste.

I sentimenti sono un'inutile perdita di tempo. Ed il tempo è traditore, non si può sprecare così.

Lei sta aspettando Lui, seduta su di uno sgabello di fronte a una birra e si rende conto che il suo cuore le batte all'impazzata. "Com'è possibile che dopo così tanti anni sia ancora così?"

Perché con Lui ha superato la scatola di preservativi, più e più volte ormai.

"Ma certo! Con lui posso superare i limiti! Lui è il mio alter ego maschile, lui la pensa come me sui rapporti interpersonali. Lui non mi chiederebbe mai di più. Anche se forse... forse per lui cambierei il mio modo di vedere le cose."

Mentre Lei è assorta in questi pensieri, Lui è in macchina, bloccato tra un semaforo e l'altro. Finalmente dopo diversi mesi, tra pochi minuti la rivedrà. Certo uscire con Lei non è come uscire con tutte quelle ochette di cui si circonda di solito. Belle, tutte bellissime. Ma vuote. Anche nel sesso il più delle volte sono solamente delle svuota palle. Che noia poi i discorsi con loro. E che fastidio quelle che si accollano. Come quella brunetta che dopo essere andata a letto con lui un paio di volte, gli ha chiesto di fermarsi a dormire da lei proprio qualche giorno fa. Ma scherziamo?

"Beh, sì, stasera sono uscito con un cambio e lo spazzolino. Non le ho chiesto nulla, ma per me è scontato che dormirò con Lei. Lei è una dura, una giusta. La considero il mio Alter Ego al femminile. Non mi chiederebbe mai di più. Con Lei potrei parlarci tutta la sera. La conosco da molti anni, ma ancora ci sono dei lati che mi tiene nascosti. Com'è abile a centellinare quei pezzi di lei. Ogni volta li prendo come regali preziosi e li custodisco gelosamente dentro me. Il sesso poi, è Sesso con la lettera maiuscola. E quelle chiacchiere prima di dormire, qualcosa a cui non potrei mai rinunciare. Forse con lei una storia potrebbe avere un sapore diverso..."

Come sempre, Lui è in ritardo, Lei lo aspetta guardandosi distrattamente intorno. Sa di essere attraente e i suoi ricci lunghi fino al fondo schiena le donano una carica sfacciatamente sessuale. Non passa inosservata mai. Per troppi anni, da adolescente, ha nascosto il suo corpo per paura di ritrovarsi con il cuore spezzato. Ora lo ostenta con la sicurezza di una donna adulta completamente consapevole di sé stessa. Sente su di sé gli sguardi degli uomini presenti nel locale. Sente il loro desiderio scorrere nelle vene, ma questa sera non è a caccia, questa sera Lei aspetta l'arrivo di Lui mentre ormai la birra sta trovando il fondo del bicchiere.

Lui entra nel locale sicuro e spavaldo come sempre. Tutte le donne presenti si voltano. Neanche Lui passa mai inosservato. Possiede quel fascino che è allo stesso tempo da bravo ragazzo e da bello e impossibile. Lui la vede. Improvvisamente un sorriso gli illumina il volto. Questo non è il momento di farsi certe domande, ma: "Perché sono sempre così felice di vederla?"

Gli si avvicina lentamente, Lei è intenta a fissare il suo bicchiere quasi vuoto e non si è accorta di Lui, la può sorprendere da dietro. Raggiunge il suo sgabello e le cinge con dolcezza la vita, facendole da schienale con il suo petto muscoloso. Affonda il naso nella sua cascata di riccioli e respira quel profumo così familiare. Chiude gli occhi e si gode quel momento magico.

Lei non si volta, ma avverte un brivido animale lungo la schiena. Sente il profumo del suo oggetto del desiderio e in un momento di abbandono su quel petto si chiede: "Chissà se facessi un figlio con lui, se avrebbe lo stesso profumo del padre".

Chiude gli occhi e appoggia il naso nell'incavo di quel collo forte e possente per godersi a pieno quel momento. Nemmeno si sono sfiorati e per loro già erano cominciati i preliminari. "Sono certa che questa sarà una serata memorabile!"

Nessuno dei due si rende conto della tenerezza estrema di quel momento. Il naso di Lei sul collo di Lui, entrambi con gli occhi chiusi, come se fossero due gattini bisognosi d'amore che si strusciano l'un l'altro facendosi le fusa.

Gli uomini che poco prima erano intenti a immaginare scene di sesso con Lei perdono interesse, le donne che quasi erano svenute all'entrata di Lui si voltano.

Agli occhi del mondo Lui e Lei sono una coppia innamorata.

Ma... entrambi sono miopi e chissà quanti anni ancora dovranno perdere barricati dietro a quel muro di egoismo e paura che si sono costruiti con maniacale attenzione.

Lei interrompe la magia, afferra il suo telefono dal bancone del bar e dice: "Dai, facciamoci un selfie! Stasera mi sento bella e da quanto vedo anche tu sei tutto in tiro. Voglio immortalare questo momento!"

E intanto pensa: "Tra poco è il suo compleanno, gli regalerò questa foto incorniciata e ci scriverò dietro: *NON SO COSA CI RISERVI IL FUTURO MA QUESTA FOTO È LA PROVA CHE IN UN PASSATO ABBIAMO AVUTO UN PRESENTE INSIEME*

La adorerà!"

Mentre lui sorride, mettendosi in posa per la foto, la stringe forte a sé pensando: "Quando sono accanto a lei mi sento a casa, come ci riesce a far sembrare tutto così naturale?"

Chissà se avranno mai il coraggio di pronunciare a voce alta i loro pensieri. Chissà come reagiranno. Chissà se lei davvero gli regalerà quella foto e chissà se magari per loro sarà un primo passo verso la felicità insieme.

Intanto sorridono e si godono il momento. Forse è questa la chiave del loro amore.

Non lo sapremo mai e forse non lo sapranno mai neppure loro.

QUESTA NOTTE È QUELLO CHE CI VUOLE

"Chiedo un po' di notte, questa notte è quello che ci vuole per non pensare"

Emma apre la porta di casa, posa il borsone a terra e stancamente va a sdraiarsi sul divano. Ha guidato per quasi tre ore per arrivare al mare, il suo mare. Un fine settimana per riordinare le idee e rilassarsi, come quando era adolescente. Ora si sente stanca, del viaggio, della sua vita, dei suoi fallimenti. Fino a due giorni fa era la fidanzatina storica di Nick ed ora che il suo magico mondo fatato si era trasformato in un inferno, non aveva più chiara né la sua identità, né quale direzione avrebbe preso la sua vita. Una lacrima iniziava a fare capolino nei suoi occhi, così Emma decise di tirarsi su e di darsi una mossa.

"No! Non piangerò! Non stasera! Devo reagire e devo iniziare a mettere qualcuno tra me e Nick. Una bocca, delle mani, un sapore nuovo, che non siano i suoi. Devo voltare pagina e comincerò da questa notte."

Quello che pensava essere l'amore della sua vita, colui a cui aveva dedicato tutta sé stessa negli ultimi anni, l'aveva mollata per mettersi con una spogliarellista. Sì, proprio una spogliarellista. Il pensiero di lui che si fotte una spogliarellista su quel letto che avevano montato insieme le faceva salire la nausea. Ma quella sera non voleva pensarci.

Ed era anche per quel motivo che si trovava lì. Qualche tempo prima aveva conosciuto un ragazzo, Leo. Con lui c'era subito stata un'intesa perfetta.

Avevano parlato poco di persona, ma moltissimo via chat. Chiacchierare con lui era stato un piacevole diversivo in questi ultimi tempi di crisi con Nick. Leo era affascinante anche in chat, era originale nelle sue battute e brillante nelle conversazioni più serie. Emma era attratta da lui, dai suoi occhioni verdi, da quel fondoschiena da urlo, dal suo modo di parlare.

Leo era esattamente la persona di cui lei aveva bisogno in questo momento. Un chiodo scaccia chiodo perfetto perché Leo non era in cerca di nessuna relazione a lunga durata.

Iniziò a prepararsi con grande cura: maschera al viso, ai capelli, manicure e pedicure. Quella sera lei doveva essere perfetta per lasciare un buon ricordo in Leo. Lei aveva deciso che si sarebbero visti una sola volta, avrebbero sfogato i loro istinti animali e stop. Avanti un altro!

Mentre Emma era intenta a indossare un completino intimo di pizzo nero per la serata, Leo, si faceva una doccia veloce e si infilava i primi vestiti trovati nell'armadio.

Leo non badava troppo all'apparenza e poi questa sera si sentiva molto rilassato. Non doveva far colpo su nessuno. Emma era una preda facile. Una dolce fanciulla con il cuore infranto. Sarebbe stato semplice: l'avrebbe ascoltata lagnarsi del suo ex, le avrebbe offerto una spalla su cui piangere e poi l'avrebbe consolata sul sedile posteriore della sua macchina.

"Era proprio quel che mi serviva. Ultimamente è un periodo di magra. Una bella gnocca da sbattermi. Ah ecco, devo ricordarmi i preservativi, non si sa mai. Magari è di quelle a cui piace il sesso sicuro". Aprì il cassetto del comodino, prese due preservativi e uscì di casa.

Emma finì di prepararsi e dovette aspettare Leo che era in ritardo. Quando lui fermò la macchina di fronte a casa sua, lei gli sorrise. Erano giorni che non si sentiva così rilassata e sorridente.

Lei salì in macchina e si salutarono con un bacio sulla guancia. Con l'incoscienza dei vent'anni si apprestavano a vivere quel loro appuntamento.

Volevano una notte tutta per loro e questa era la loro occasione.

Nessuno dei due poteva immaginare quanto quella serata li avrebbe spiazzati. Nulla sarebbe andato secondo i loro piani. Ed entrambi sarebbero tornati a casa con meno certezze di quando erano usciti.

RIBELLIONI SEMPLICI E BANALI

La mia materia preferita è sempre stata la sociologia perché i soggetti vengono definiti attori. E in fondo ho sempre pensato che ognuno di noi sia un attore, pronto a indossare la maschera opportuna per quel giorno e quell'occasione. Un abito, un sorriso, una convenzione sociale. Siamo liberi di scegliere come comportarci, dove andare, cosa comprare, con chi parlare e in che modo farlo. E forse tutta questa libertà con il tempo ci ha disorientati. Così sono nate le barriere, i confini. Il "noi" e il "loro" applicato a qualsiasi categoria diversa dalla nostra. Uomini e donne, etero e omo, rock e pop, bianco e nero, Nord e Sud. I libri di storia e gli articoli di cronaca sono zeppi di aneddoti su guerre, conflitti, litigi contro qualcuno diverso da noi.

Ma la storia che sto per raccontarvi, parla di attori che hanno scelto di abbattere le barriere: di genere, di orientamento sessuale, di razza, di estrazione sociale. Parla di attori che sono nati nella parte fortunata del mondo e di attori che, invece, sono nati in quella sfortunata. E gli intrecci delle loro vite ha dimostrato che non esiste nella realtà dei fatti la fortuna o la sfortuna geografica. Esistono cuori, sentimenti, amicizie, amori. Esistono abbracci in grado di far superare anni di guerre, povertà e atrocità. Esistono legami che né il tempo né lo spazio potrà mai spezzare.

La prima attrice di questa storia è Laura, ragazza bianca nata in una famiglia piemontese benestante di lavoratori. Non le è mai mancato nulla, ma ha sempre avuto ben chiaro che i soldi non crescono sugli alberi. Sta per terminare gli studi ed è la persona più testarda che io abbia mai conosciuto.

Vive a Torino, una città che ha vissuto l'immigrazione prima dal Sud Italia e poi dall'Est Europa e dal Nord Africa. Sua nonna è stata garante di una sua collega meridionale per farle prendere in affitto una casa. Tra gli anziani è ancora tangibile questa netta differenza tra i nativi piemontesi e i meridionali. Lei è piemontese D.O.C., una rarità da trovare ormai. Come è singolare la storia della sua nascita.

Marcella era ricoverata in ospedale ormai da giorni. Lei e il suo pancione. Fuori dalla finestra la pioggia primaverile stava facendo rinascere la natura, ma in quel letto di ospedale Marcella respirava aria pesante di debolezza e di morte. I dottori le riempivano le orecchie di termini medici che in parole spicce significavano una sola cosa. La sua bambina non riusciva a nascere. La sua bambina stava morendo dentro di lei senza che lei potesse fare nulla per farla venire alla luce. Quella sera la pioggia scrosciava forte e copriva il rumore delle lacrime di quella mamma che sentiva la vita di sua figlia scivolarle via.

"Signora, ormai non c'è più nulla da fare. Il liquido amniotico è diventato nero. Sua figlia è morta."
Le parole più terribili da ascoltare. Mesi di lotte, di sogni, di speranze risolti in una fredda frase totalmente priva di empatia pronunciata da un medico stanco di un turno infinito. Marcella era bloccata dalla disperazione, un dolore immenso le irradiava il petto, le faceva mancare il respiro. Non poteva essere, non doveva andare così... ma se così era, lei non poteva più vivere un secondo di più in questa terra malefica.

Aspettò che i medici e infermieri uscissero, aspettò che la sua compagna di stanza andasse in bagno e, faticosamente si alzò dal letto per andare alla finestra. Ogni passo aveva il peso del fallimento. Sentiva di aver fallito miseramente quando 9 mesi prima aveva deciso contro tutto e tutti di portare avanti quella gravidanza. Sentiva di aver fallito ad essersi liberata da quella tradizione piemontese arcaica per cui le donne dovevano avere un solo figlio o sarebbero state considerate delle "*poco di buono*". Ad ogni passo sentiva lo sguardo giudicante di sua suocera su di lei. Ed ogni passo era sempre più pesante, ma lucidamente folle.

Non gli importava più di nulla, non era importante quella bambina di sette anni che la aspettava a casa, non era importante suo marito o la sua mamma che avrebbe sofferto moltissimo. In quel momento Marcella sentiva che la sua vita era finita insieme alla vita di quella creaturina che portava in grembo.

Aprì la finestra, il rumore della pioggia portò dentro una ventata di aria fresca e umidità. Ormai Marcella aveva preso la sua decisione e con la goffaggine di una donna incinta di 9 mesi cercò di arrampicarsi alla finestra per compiere un ultimo gesto necessario.
Doveva porre fine a tutta quella testardaggine. Doveva porre fine a quella sofferenza con la sua ultima, estrema sofferenza.
Ma, proprio in quel momento avvenne un miracolo. Qualcosa dentro al suo ventre iniziò a muoversi. Era la prima ribellione di quella piccola testarda.
Quel movimento, seppur flebile, era la dimostrazione che qualcosa dentro di lei era ancora vivo.
Così Marcella chiuse la finestra spinta da una nuova forza. Con il passo pesante ma determinato si trascinò fino alla stanzetta dei medici.
Bussò e attese che qualcuno le dicesse di entrare. Una volta dentro disse: "A me non importa nulla di ciò che voi mi avete detto, lei si muove ancora dentro di me, lei è viva e vuole nascere. Quindi vi dico io cosa faremo domani. Domani mattina mi farete il cesareo per farla nascere, a qualsiasi costo lei deve nascere viva. Voi siete i medici e voi dovreste trovare il modo per salvarci entrambe!"

Detto questo tornò in camera sua consapevole di aver giocato tutte le carte possibili. Dopo qualche minuto un'infermiera entrò in camera con una sacca di sangue.
Fu la prima di 17 trasfusioni. Ad ogni sacca la bambina dentro di sé riacquistava forza e determinazione.
Il giorno successivo la pioggia batteva ancora forte sulle finestre e alle 10:30 del mattino quella bambina, Laura, vide la luce. E accolse quella luce con un urlo fortissimo.
Era appena nata e già aveva compreso il significato di far sentire la sua voce. E così non smise mai più. Fu la gioia e la disperazione della sua mamma. Lei così diversa, così ribelle, avrebbe fatto grandi cose.

ROSSO

Il rosso è sempre stato un colore ricco di significato per Mara, fin dal quando aveva imparato a riconoscere i colori.

Il rosso le dava coraggio, per questo ogni giorno si dipingeva le labbra di quel colore, per convincersi che lei avrebbe potuto arrivare ovunque avesse desiderato.

Rosse erano le piccole lentiggini che le apparivano sul naso con il primo sole e il rosso era l'unica sfumatura di abbronzatura a cui ambire vista la sua carnagione bianco latte.

Rosso era lo smalto con cui colorava le sue unghie. La aiutava a sentirsi seducente.

Rosso era il colore delle sue guance, che, contro il suo volere, si coloravano rivelando le sue emozioni, il suo imbarazzo, la sua paura.

Rosso era il vestito del primo appuntamento con Federico, il suo più grande amore, che dopo qualche anno sarebbe diventato suo marito.

Quel colore, in tutte le sue sfumature, le aveva sempre trasmesso buone vibrazioni, ma quella mattina proprio no.

Quella lineetta rossa, solitaria, su quel test di gravidanza, l'aveva riempita di tristezza e di angoscia.

Piccola, ma così prepotente, a mostrarle puntuale come ogni mese il suo fallimento di donna.

Ormai dopo 1200 giorni di tentativi andati a vuoto, il copione era ben collaudato. Mara lo conosceva ormai a memoria. E il pensiero di doverlo ripercorrere tutto da capo, le dava il voltastomaco. Cominciava a sentirsi stanca di questa storia, del voler diventare mamma a tutti i costi. Eppure, ogni volta, ripercorreva tutte le tappe del percorso, dalla prima all'ultima. Ogni volta sperando in un finale diverso, ricominciava da capo quel ciclo che ogni mese portava le stesse emozioni.

Tutto aveva inizio con l'angoscia di non esserci riusciti neppure questa volta. Quell'ansia dell'orologio interno che fa "*Tic Toc Tic Toc*" e che inesorabilmente ti dice che stai invecchiando, che hai ancora un po' di tempo, sì, ma comunque non così tanto. La voglia di piangere e spaccare qualsiasi cosa ti capiti a tiro. I silenzi in cui chiudersi perché nessuno potrebbe mai capire questo stato d'animo. Le sue sorelle, le sue amiche, persino la sua mamma erano lì pronte con i loro consigli al limite tra lo scientifico e la stregoneria. Ma Mara pensava fossero ormai inutili.

Dopo l'angoscia subentrava la speranza e con lei arrivavano i tentativi. Quelli mirati, quelli nei giorni precisi ad orari precisi. Incontri d'amore che ormai avevano perso il loro sapore di spontaneità e sincerità. La stanchezza e la preoccupazione negli occhi di suo marito nel vederla sempre più triste, sempre più fragile. E quel senso di impotenza per non riuscire ad aiutare sua moglie a realizzare il suo più grande desiderio: diventare mamma. Mara lo sentiva il suo sguardo preoccupato su di lei quando, alla fine di ogni rapporto, la osservava con i piedi puntati sulla parete, perché così il concepimento sarebbe stato agevolato. Mara avrebbe dato qualsiasi cosa per evitare questa tortura a Federico, per rivedere i suoi occhi pieni di amore, come quella sera che aveva indossato il vestito rosso e non pieni di preoccupazione, come quelli che la osservavano ora, che non indossava più il colore rosso da tempo.

Tornando al suo percorso mensile, arrivava la parte che Mara preferiva, l'attesa. Quella manciata di giorni in cui sognare ritornava possibile, sperare era il suo pane quotidiano. Quei giorni in cui si soffermava di fronte alle vetrine dei negozi pre-maman immaginando di poter indossare uno di quei maglioni oversize insieme alla creaturina che avrebbe portato in grembo.

Mara era pronta a diventare mamma, sentiva quel sentimento di protezione e amore sconfinato ogni volta che le sue sorelle le affidavano i nipoti. Quei bambini di età compresa tra i sei mesi e gli otto anni risvegliavano tutto il suo istinto materno e, benché si rendesse conto che non erano figli suoi, li trattava come tali. Ogni volta che calmava un pianto, medicava un ginocchio sbucciato, placava un capriccio, Mara prendeva una nota mentale che avrebbe potuto tornarle utile in un futuro. Qual giorno in cui finalmente sarebbe riuscita ad avere figli suoi. Forse questo mese sarebbe stato quello buono, forse un piccolo fagiolino già stava crescendo dentro di lei.

Ma anche in questa fase di speranza, comunque non le mancavano i dispiaceri. Succedeva quando una sua amica o una delle sue sorelle le annunciavano una gravidanza. Mara si sentiva una pessima amica, una sorella terribile, una brutta persona totalmente incapace di gioire a quella notizia. Per quanto lei si sforzasse, era umana e, ogni volta, vedere altre persone realizzare quel sogno che lei sentiva solo suo, la buttava a terra. La faceva sprofondare nella depressione più nera. Non contava più le volte che si era chiusa in casa, senza voglia di vedere nessuno, senza togliersi il pigiama o farsi una doccia per giorni. Il dolore che sentiva dentro per l'incapacità di gioire a una così bella notizia la riempiva di sensi di colpa, i quali aggiunti al suo stato d'animo di angoscia ormai permanente, la portavano a credere di essere ormai condannata a vedere proiettato il sogno della sua vita, solamente nei film delle persone che la circondano.

Mara era inconsolabile e inavvicinabile in quei giorni. Aveva la sensazione di essere sola. Era fermamente convinta che quel dolore così grande appartenesse solo a lei e nessuno al mondo sarebbe stato in grado di comprenderlo.

Infine, il suo percorso giungeva al termine. Alcuni mesi con un verdetto insindacabile, l'arrivo del ciclo. Altri mesi con un pizzico di speranza in più, un ritardo di qualche giorno, ma poi il test, e la disillusione: la lineetta rossa solitaria dal sapore di fallimento e tristezza. E poi l'angoscia, quella stretta allo stomaco al solo pensiero di dover dire nuovamente a Federico, che neppure quel mese sarebbero diventati genitori. Ogni volta trovare le parole giuste era difficilissimo, ogni volta la gola si faceva secca, le mani sudate, gli occhi lucidi. Era talmente difficile che dopo così tanto tempo, suo marito aveva imparato a interpretare i segnali e non c'era più bisogno di parole. Solo un abbraccio tristemente disperato al di fuori della porta del bagno.

Ogni mese era una piccola morte per entrambi il dover affrontare questa tragedia familiare. Federico ripeteva: "Non ti preoccupare, andrà tutto bene", ma Mara che lo conosceva bene, sapeva quanto lui soffrisse e quanto fosse orgoglioso per darlo a vedere.

Ironico pensare a quelle giornate di paura che ha vissuto da ragazza. Quando il ciclo non arrivava e non era il momento giusto per diventare mamma.

Questo, invece, sarebbe stato il momento perfetto per un ritardo. Per una gravidanza, un bambino tra le braccia. Il cerchio del suo immenso amore per Federico, finalmente chiuso con l'arrivo di una nuova vita.

La pressione della società si stava facendo sentire in maniera stressante e lei sentiva il mondo crollarle addosso. Mese dopo mese, anno dopo anno.

Quelle domande così fuori luogo: "Ma un bambino quando?" "Perché non avete ancora figli?" "Ma cosa state aspettando? Il tempo passa per tutti, non si è giovani in eterno, fatelo un figlio!"

Mara spesso faceva buon viso a cattivo gioco, sorrideva, rispondeva in maniera ironica. Sarebbe stato troppo lungo fermarsi a raccontare di quei tre anni di tentativi andati a vuoto, di quell'intervento subito un anno fa, che avrebbe dovuto risolvere i suoi problemi di infertilità, ma che, evidentemente, non aveva risolto molto. L'ironia, la usava abilmente come un'arma e come scudo per difendersi dai commenti e dalle domande di chi evidentemente non ha nulla di meglio da fare che fermarsi a giudicare la vita di un altro.

Mara credeva nel potere dei numeri e quella mattina sorrise pensando che questi tre anni di tentativi cadevano proprio nell'anno in cui lei avrebbe compiuto trentatré anni. Si sentiva dentro una piccola speranza ed era certa che prima o poi avrebbe fatto pace con il colore rosso, quando le lineette rosse sarebbero diventate due. "Succederà presto, ne sono certa! Anzi, questa volta lo voglio gridare al mondo"

E così Mara trasformò una mattina di disillusione in una mattina di speranza, per lei e per chi come lei viveva la stessa situazione. Dopo una ricerca nei cassetti di casa, Mara trovò un pennarello indelebile e scrisse su quel test di gravidanza negativo: "andrà tutto bene". Le parole che suo marito Federico gli sussurrava dolcemente all'orecchio dopo ogni test negativo.

Una foto e un social media avrebbero fatto il resto.

Quella foto fece il giro del mondo e nei giorni successivi Mara scoprì di non essere sola. Nel mondo erano migliaia le donne che come lei soffrivano di infertilità. Tante donne, di provenienza diversa, di età, colore della pelle e religione differente, accomunate da questo dolore. Condividere le loro storie e scambiarsi parole di conforto forse non avrebbe risolto il loro problema, ma sicuramente avrebbero sentito di meno il peso della solitudine.

Mara era pronta a ricominciare tutto il suo percorso mensile, questa volta con una forza nuova. Finalmente riusciva ad analizzare il suo problema da un'altra angolazione e si sentiva sollevata da tutto quel peso di anni di angosce e pianti.

Mara aveva deciso di smettere di sottoporsi a inutili stress.
Prese il computer e in pochi minuti prenotò una suite in un hotel sul mare per il fine settimana. Voleva concedersi una piccola vacanza con Federico per lasciarsi tutto alle spalle. Prese la valigia e ci infilò il vestito rosso. Con un sorriso beffardo si ritrovò imprigionata in vecchi pensieri: "se tutto va come vorrei, presto questo vestito non mi andrà più bene" Ma subito dopo si corresse, perdonandosi: "E se così non fosse, in fondo mi sta così bene quel vestito, non sarebbe tutta questa tragedia poterlo mettere ancora".
Federico e Mara partirono per quella piccola vacanza che si rivelò per loro un'oasi in cui ritrovarsi e riscoprire i motivi per cui si erano innamorati l'uno dell'altra qualche anno prima. Non c'erano più giorni fertili per fare l'amore, c'era solamente il loro Amore senza nessun limite.

Qualche settimana dopo Mara, era appena tornata a casa dopo una giornata di lavoro, il sole colorava di rosso le nuvole nel cielo. Mara si soffermò di fronte alla porta di casa e sorrise pensando che questa volta il rosso le stava mandando un segnale positivo.
Qualche minuto dopo il suo telefono squillò, era un redattore di un programma della tv nazionale che la invitava a raccontare la sua storia in diretta. Le sue guance si colorarono di rosso, ma realizzò che finalmente il suo dolore aveva acquistato un senso, una dimensione utile alla società. Mara lanciò un'altra occhiata al tramonto rosso, sorrise e accettò di buon grado.
Mara non aveva dubbi, per andare in televisione avrebbe messo il suo vestito rosso. Ancora non sapeva che quell'occasione sarebbe stata l'ultima per lei per sfoggiare quel vestito. Da lì a poco le sarebbe davvero andato stretto.

ANITA E IL BASTONCINO

C'era una volta, tanto tempo fa, nel paese di molto molto lontano, una bambina di nome Anita.

Anita era bellissima, con una cascata di riccioli biondi che le copriva le spalle e gli occhi di un verde intenso. Anita era una bambina felice, ma era anche tanto sola perché i suoi genitori erano sempre a lavorare nel frutteto o nell'orto dell'azienda di famiglia. Non aveva fratelli con cui giocare e non aveva amici poiché ancora non aveva l'età per andare a scuola.

Quindi Anita era solita giocare con il suo compagno di mille avventure, un bastoncino di legno. Creava storie e lo utilizzava nei modi più fantasiosi. Un giorno il suo bastoncino era una bacchetta magica che la aiutava a sconfiggere il mago cattivo; un altro giorno diventava la spada di un feroce pirata e il giorno successivo era la chitarra del più famoso musicista del mondo, venuto a suonare apposta per lei.

Il bastoncino soffriva, perché, mentre Anita poteva interagire con lui, lui non poteva interagire con lei. Ogni sera, finito di giocare, Anita riponeva il bastoncino ai piedi dell'albero più grande vicino a casa sua e la mattina successiva lo riprendeva per vivere una nuova emozionante giornata di giochi insieme a lui. Ma il bastoncino durante quelle notti si sentiva terribilmente solo.

Una sera, dopo aver salutato il suo bastoncino, Anita rientrò a casa e il suo bastoncino iniziò a piangere molto forte perché non sopportava più di non poter parlare e interagire con la sua amica Anita. E proprio quella sera passava di lì una Fata buona, la Fata Rosina, che sentendo il rumore di pianto decise di andare a controllare che cosa stesse succedendo.

Quando la Fata Rosina arrivò dal bastoncino lo trovò disperato in lacrime. Dopo averlo fatto tranquillizzare, la Fata Rosina si fece raccontare il motivo di tanta disperazione. Al termine del racconto del bastoncino, la Fata Rosina decise che era giunto il momento per il bastoncino di vivere la sua amicizia con Anita. Così disse: "Ora chiudi gli occhi e dormi bastoncino. Vedrai che con lo spuntare del sole ti sveglierai in un mondo pieno di sogni realizzati.

Il bastoncino non aveva capito bene cosa intendesse la Fata Rosina, ma dopo averla salutata con educazione, fece ciò che la Fata gli aveva chiesto, chiuse gli occhi e si addormentò.

La mattina successiva fu svegliato dalle grida arrabbiate di Anita. Gli stava urlando contro e lo stava accusando di averle rubato e nascosto il suo bastoncino. Ma... un momento. "Anita, sono io il tuo bastoncino, non mi riconosci più?"

"Non puoi essere il mio bastoncino" rispose Anita. "Tu sei un bambino in carne ed ossa"

Solo a quel punto il bastoncino si rese conto di avere due braccia, due gambe e una testa piena di capelli spettinati.

"Anita, io non so come sia possibile, ieri sera ci siamo salutati ed io ero stato il bastoncino di zucchero che avvelenava il mostro cattivo. Poi ho parlato con una Fata... e questa mattina eccomi qui"

Anita era molto spaventata perché quel bambino sapeva esattamente a cosa aveva giocato il giorno precedente, ma trovò il coraggio per dire: "Quindi mi stai dicendo che sei tu il mio bastoncino?"

Il bastoncino diventato bambino annuì e disse: "Credo di sì, tu hai giocato tanto insieme a me, ma io volevo avere la possibilità di giocare anche io insieme a te".

Anita dopo un primo momento di paura, decise di dare fiducia a quel buffo bambino spettinato che aveva di fronte e allora iniziò a giocare insieme a lui, esattamente come faceva con il suo bastoncino.

Da quel momento Anita e il suo amico Bastoncino divennero inseparabili e non smisero un solo giorno di giocare insieme. E vissero felici per moltissimi anni.

(*Fiaba della buonanotte scritta per "i miei bambini", dedicata a chi almeno una volta si è addormentato sentendola raccontare, N.d.A.)*

Note del curatore

Elisa Zacchero ha una scrittura molto visiva. I protagonisti dei suoi scritti sono come attori diretti da una regista. Lei è abile nel descrivere i movimenti e le emozioni, mettendoli in luce e in penombra, in primo piano e in campo lungo. Usa una narrazione autentica, diretta, nella quale filtra sensibilità, ma anche trasgressione e forte attenzione al momento non meditato, pulsante di chi sa che la vita va presa a morsi. Tutto questo con eleganza, raffinatezza. Elisa sa fermare l'attimo, il suo tempo narrativo è sorprendentemente vario, per questo ancor più coinvolgente.

Adriano Albanese

ANNA MARIA ZOPPI

Anna Maria Zoppi presentata da Michele Franco

Descrivere in poche parole il mondo interiore e quello visibile di un'Artista così variegata quale è Anna Maria Zoppi è arduo. Le grandi tappe della sua vita artistica partono da Casal di Principe, provincia di Caserta, dove fin da bimba sviluppa una forte componente artistica, supportata dalla figura paterna e dalla famiglia. Frequenta con ottimi risultati liceo artistico ad Aversa e Accademia di fotografia e cinema a Roma, si specializza in diversi Istituti d'Arte. Ha vissuto il periodo che gli artisti sensibili e intelligenti hanno da sempre vissuto: il momento dell'incomunicabilità con la tela. Periodo durato diversi anni, da cui è emersa evolvendo il percorso di ricerca artistica e la sua personale poetica espressiva che sta incontrando grande favore tra critica e pubblico da tanto tempo. Importanti mostre personali e collettive, riconoscimenti e premi, opere esposte in Fondazioni, Gallerie, chiese, palazzi pubblici, collezioni private e poi articoli su riviste e giornali, servizi televisivi, grandi eventi legati ai temi sociali più sentiti: le notizie su Anna Maria Zoppi spiccano in Italia e all'estero, tanto da essere portabandiera delle eccellenze del suo territorio e elemento imprescindibile per gli eventi culturali e sociali più importanti della sua bella terra. Negli aspetti puramente estetici la sua Arte riflette pienamente il suo carattere sincero, appassionato, sensibile, viscerale, coraggioso. Ogni opera di Anna Maria Zoppi è pagina di personale "sentire" trasformata in evidenza cromatica. Vita e sofferenza, speranza e denuncia, amore e passione, riflessione intima ed esternazione: la sincerità senza ipocrisie è la nota dominante impetuosa che la spinge ad esprimersi con la pittura, in un fare arte dominato da una forte componente emozionale e una marcata forma espressiva giocata su cromie intense e matericità fortemente sviluppata. Su tutto aleggia un'ansia di libertà, componente molto importante che la porta all'estraniazione dal mondo esterno nell'atto della pittura, vissuto sempre in modo totalizzante e senza barriere. Un magma interiore che deve necessariamente trovare la sua via espressiva e creativa mai distruttiva e sempre fonte di stupore. L'artista "aggredisce" la superficie su cui si esprime con un rapporto intimo per lei irrinunciabile. Il confine tra creatore e creatura si assottiglia, e come un moderno demiurgo la pittrice opera "fisicamente" in un rapporto quasi carnale con la tela, unico spazio in cui la sua irrequietezza può placarsi. Forme geometriche si intersecano con il figurativo, e l'astratto gioca con il simbolismo in opere che risentono dell'energia creativa primordiale. Un'analisi superficiale delle sue opere ci porta a notare gestualità da action painting, con colature e slanci di colore spruzzato che richiamano il dripping pollockiano, certo possiamo ricercare l'astrattismo anche geometrico in alcune opere, possiamo notare l'uso fauves coloristico e le forme che richiamano l'arte "spontanea" ma su tutto aleggia il simbolismo che mette in relazione continua il flusso di pensieri di Anna Maria con i messaggi che vuole trasmettere mentre in alcune visioni entra l'aspetto surreale. Anna Maria Zoppi è questo: un caleidoscopio di energie apparentemente disordinate, dove da un caos gioioso o drammatico ma sempre vitale nascono composizioni dotate di equilibri costruttivi precisi anche se istintivi, contenenti una sequenza musicale e cromatica sempre molto coerente ai contenuti profondi dell'opera. Cezanne, "gigante" della pittura alle cui intuizioni tanta arte contemporanea deve tantissimo, annotava: "Il caos non è più ordinato da Dio secondo le leggi della natura, ma da un artista secondo le leggi della pittura". Anna Maria Zoppi persegue questo percorso delicato e gigantesco, e riordina – o cerca di riordinare – il caos della "sua" Natura, della sua mente per trasferirlo con intatta purezza di pensiero sul supporto da dipingere. Nelle sue opere la bellezza si rivela quasi "inattesa", come un lampo di luce. Parliamo di bellezza estetica ma anche di bellezza – e nobiltà – interiore. Il mistero chiede attenzione per essere capito. I contrasti evidenti, i vortici cromatici e geometrici, l'apparente esplosione d'insieme sono solo il "primo livello" col quale l'artista comunica con il mondo attorno. Istintivamente si scherma con pudicizia, chiedendo al lettore di "entrare" nel quadro addentrandosi nel profondo del pensiero recondito. Come accennato prima, quando leggiamo il "vero" significato dei suoi dipinti, la bellezza arriva come un lampo al cuore e alla mente, perché il flusso energetico e la sintonia di pensiero sono la bellezza che la pittrice "nasconde" con la grande eleganza caratteristica fondamentale di Anna Maria Zoppi Pittrice e Donna. La sua scrittura artistica e pittorica è creativa e passionale. É viscerale e sincera. Anche quando è quasi brutale è sempre raffinata. Anche se urlata è sempre elegante. Anna Maria Zoppi è un pendolo emotivo intenso ed è artista-bambina perché spontanea che racconta cose e sentimenti grandi da artista-donna. Apparenti contrasti? Il miracolo si compie e il pensiero diviene colore, le emozioni divengono forma senza forma definita, la figura "galleggia" in nuvole cromatiche o in ectoplasmi cromatici, in cui universo e materia, pensiero e emozione, micro e macro si inseguono, si contaminano, giocano in quello spazio delimitato della tela che diviene, grazie all'intervento dell'artista, lo spazio infinito e senza tempo che Anna Maria Zoppi sa portarci con sincerità disarmante e con intensità incredibile. L'invito a scoprire di più su Anna Maria Zoppi sorge non forzato, perché è semplicemente bello capire meglio la sua opera ed è meravigliosamente emozionante lasciarsi avvolgere e "catturare" dalla forza intensa ed elegante dei suoi quadri.

Michele Franco

I segni e i sogni Di Anna Maria Zoppi

(di Riccardo Zigrino)

Il colore è il suo colore, luminescente, il tratto è il suo tratto, saettante; dietro c'è l'impianto robusto di una scuola seria, sorretto da un carattere adamantino, animato da un fremito creativo incessante.

Multidisciplinare, multimediale, multi-tematica, multi-materica Anna Maria Zoppi è artista a tuttotondo. Costretta nel ruolo di pittrice deve però primieramente misurarsi col tratto e col colore: qui comincia la giostra di persone e fantasmi, di allegorie e di metafore come se una sindrome dissociativa chiamasse a singolar tenzone la stessa protagonista dell'evento.

Inseguendo i colori del pensiero Anna Maria sembra aver messo da parte il figurativo e oltrepassa in tal modo il mondo reale e concreto per cogliere solo l'essenza del suo mondo poetico.

I suoi segni diventano i suoi sogni, sono strettamente intimistici ed illuminano il Creato di bellezza.

Sant'Agostino vedeva nella bellezza la nostalgia di Dio: la pittrice Zoppi la segna con accanimento cromatico e armonioso in umiltà e sicurezza.

É quello che occorre se vogliamo salvarci in una società che è sempre più materialisticamente assordante e scientificamente arrogante. Sapremo gioiosamente farci travolgere nel nobile intento?

Riccardo Zigrino

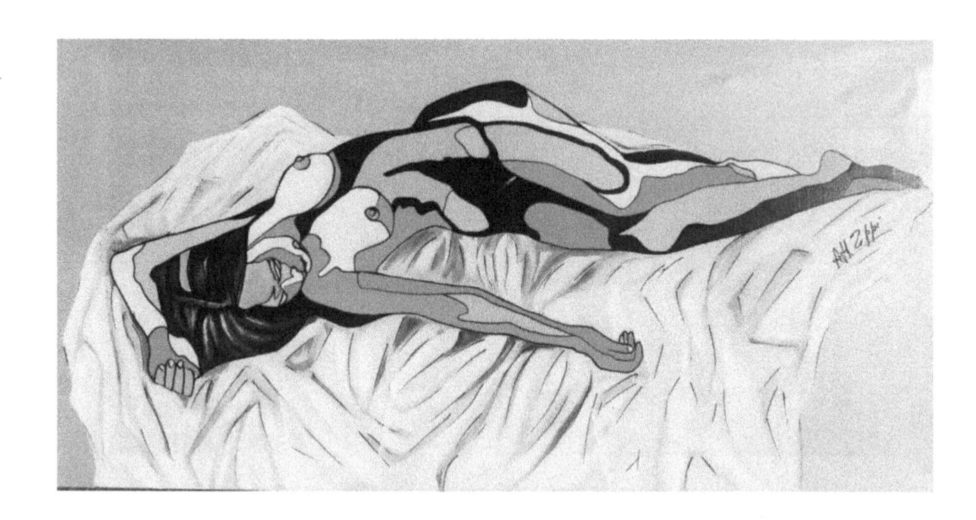

Nota del curatore

Anna Maria Zoppi è anche una scrittrice e di recente è stato pubblicato il suo romanzo "Non ne sapevo niente" – Basilisco Editore – Prima stampa 2021. Avrei potuto inserire qui qualche brano del libro, ma è una storia molto avvincente che va letta tutto di un fiato e ho preferire inserire i suoi "racconti pittorici", che esprimono il suo universo artistico fondato su valori etici importanti.

Adriano Albanese

RINGRAZIAMENTI

Sono molte le persone che ci hanno sostenuto in questa esperienza, spronandoci con consigli, affetto e incoraggiamento. Grazie alla pittrice e scultrice **Maria Teresa Gallo**, che ci ha messo a disposizione la sua meravigliosa galleria d'arte come sede per gli incontri. Grazie alla **Dr. Donatella Mosca**, che ha impreziosito i nostri scritti con brillanti suggerimenti e deliziandoci con i suoi deliziosi audio racconti. Grazie a **Michele Franco** per l'aiuto per le biografie. Grazie a **Riccardo Zigrino** per la consulenza artistica. Grazie a **Benito Vitullo** per la composizione delle copertine. Grazie alla gentilissima **Franca Zacchero**, mamma della nostra Elisa, per averci rinvigorito con torte e dolci fatti in casa. Grazie a **Patrizia De Pace**, che ha messo a disposizione la sua arte di fine dicitrice dando spessore e emozione alla lettura dei nostri scritti. Grazie a **Massimo**, che si è occupato delle riprese video. Grazie agli amici dei social, che ci hanno tenuto alto il morale con commenti positivi, cuoricini e like. Infine un grazie dal profondo del cuore alla fantastica scrittrice, autrice, compositrice, vincitrice di un David fi Donatello e molto altro ancora **Carla Vistarini**, che ci ha messo sotto la sua ala protettiva divenendo la nostra madrina e punto di riferimento.

Grazie da Adriano, Aldo, Anna Maria, Antonietta, Barbara, Elisa, Marta, Paola, Pino, Rossana.

Lightning Source UK Ltd.
Milton Keynes UK
UKHW020641050422
401124UK00009B/586